AF201831

Hildegard Liebl

# So viel Sehnsucht

## Fünf Liebesgeschichten

# Inhaltsverzeichnis

# Ein liebevoller Vater

*Durch anhaltende, starke Schneefälle herrscht kurz vor Weihnachten Ausnahmezustand am Amsterdamer Flughafen. Sämtliche Flüge werden gecancelt. Weil das zugewiesene Hotel überfüllt ist, teilen sich die Buchhändlerin Pauline und der Architekt Philipp für eine Nacht eine kleine Couch. Zwei Fremde, aus denen in der ungewöhnlichen Situation, für wenige Stunden Vertraute werden.*

*Beide sind in einer Lebenskrise. Pauline fürchtet um ihre langjährige Ehe und auch Philipp verbindet mit seiner Frau nur noch die Liebe zu ihrer kleinen Adoptivtochter. Obwohl sie sich zueinander hingezogen fühlen, wollen sie ihre schwierigen Situationen nicht noch weiter gefährden. Erst Monate danach, als Pauline vor den Scherben ihrer Ehe steht, bittet sie Philipp um ein Treffen.*

\*\*\*

»Meine Damen und Herren, es tut uns leid Ihnen mitteilen zu müssen, dass der Flug nach München aufgrund der stark anhaltenden Schneefälle gestrichen werden muss. Auf Wunsch werden Sie zu einem Hotel gebracht. Sie erhalten weitere Informationen in Kürze.« Auch das noch, denke ich, als ich die Ansage höre. Den ganzen langen Tag bin ich auf der Buchmesse herumgelaufen und jetzt strande ich hier am Amsterdamer Flughafen. Fünf Stunden warte ich jetzt schon und es ist fast 22.00 Uhr, das schafft mich. Ich stehe auf, vertrete mir die Beine. Das Chaos um mich herum wird immer größer. Ich hole mein Handy aus der Tasche und rufe meinen Mann an. Robert ist gleich am Telefon und ich erzähle ihm, was passiert ist. »In München sieht's auch nicht besser aus, Pauline«, ist alles was er sagt. Beide schweigen wir für eine Weile. Robert lacht etwas verlegen, oder bilde ich mir das nur ein. »... besonders heftiger Wintereinbruch dieses Jahr. Nimm`s halt an, wie es ist.« Er sagt es fast belehrend, so, als würde man einem Kind etwas erklären. Wieder entsteht seltsames Schweigen zwischen uns. Fast habe ich das Gefühl, dass es ihm recht ist, dass ich nicht heimkomme. »Du weißt ja«, fährt er fort, »dass ich morgen für die nächsten drei Tage in Wien zu tun habe, es kann auch länger dauern.«

Nach dem Telefonat packt mich ganz plötzlich eine riesengroße Wut auf Robert. Sein Tonfall ärgert mich. In letzter Zeit habe ich manchmal das Gefühl, sämtliche Stützpfeiler unseres gemeinsamen Lebens brechen zusammen. Ich habe keine Ahnung

6

mehr, was wir füreinander empfinden! Was ist nur aus uns geworden? Im Grund genommen hat unsere Beziehung einen toten Punkt erreicht. Wir sind uns abhandengekommen. Zwei Fremde, die zufällig im selben Haus wohnen. Und was waren wir überzeugt davon gewesen, dass unsere Ehe gelingen würde. Wie glücklich waren wir. Vor über vierzehn Jahren haben wir uns kennengelernt und drei Monate danach geheiratet. Robert war 29, ein junger Maschinenbauingenieur mit großen Träumen und ich hatte mit gerade 25 Jahren mich getraut, eine kleine, individuelle Buchhandlung in Schwabing zu eröffnen. Irgendwie ist unsere Ehe an einem schwierigen Punkt angekommen. Wann haben wir aufgehört, aufmerksam uns gegenüber zu sein? Sind wir so sehr mit unserem eigenen Leben beschäftigt? Wir begegnen uns in letzter Zeit seltsam vorsichtig. Und lachen tun wir auch nicht mehr miteinander, so wie früher. Und dann streifen mich seltsame Gedanken. Was wäre, wenn plötzlich eine andere Frau in sein Leben käme. Eine Frau mit der er sich austauscht, wie mit mir einmal. Es scheint sich eine Kluft zwischen uns aufgetan zu haben und doch weiß ich, dass wir einander lieben.

Am Infoschalter erfahre ich, dass die Fluggäste auf Wunsch in bestimmte Hotels gebracht werden, das

Gepäck aber nicht herausgegeben werden kann. Als ich endlich in dem Hotel ankomme, sind alle Zimmer belegt und die Rezeption ratlos. Ausgelaugt und ziemlich traurig, vertrete ich mir die Beine. Als ich einen langen Gang entlang schlendere, entdecke ich in einer Nische eine zweisitzige Couch mit einigen Kissen. Die Lichter an den Wänden sind heruntergedimmt, eine fast intime Atmosphäre. Ich setze mich auf die Couch, breite den Daunenmantel über mir aus, und fühle mich zum ersten Mal seit Stunden etwas entspannt. Hier werde ich bleiben! Ich schließe die Augen, mache es mir bequem so gut es geht. Ich scheine eingeschlafen zu sein. Eine freundliche, männliche Stimme weckt mich. »Sagen Sie bitte, ist der Platz neben Ihnen noch frei?« Ich öffne die Augen, bin etwas durcheinander. Vor mir steht ein großer, schlanker Mann in einer schweren Lederjacke. Um den Hals hat er einen Schal gewickelt, in der Hand trägt er eine große Reisetasche. Fragend sehen seine Augen mich an, er spürt mein Zögern. »Es tut mir leid, dass ich Sie belästigen muss, mein Flug ist ausgefallen, das Hotel ist überfüllt.« Nun reagiere ich endlich, setze mich auf. »Philipp Flemming«, sagt der Mann und reicht mir seine Hand. Sein Händedruck ist kräftig, zupackend. Er macht einen sympathischen Eindruck. Er sieht ein wenig wie Robert aus und dürfte auch so um die vierzig sein. »Pauline Sandmann«, sage ich und gebe ihm die Hand. »Darf ich mich zu Ihnen setzen?«

»Natürlich.« Er nickt, lächelt mich an, stellt seine Tasche ab, setzt sich neben mich. Jacke und Schal behält er an. So sitzen wir eine Weile in fast verlegenem Schweigen nebeneinander. Es fühlt sich seltsam an, so eng neben einem Fremden zu sitzen. Ich konnte noch nie gut Nähe mit Fremden ertragen, und bequem sitzen wir beide nicht. Philipp Flemming kramt in seiner Tasche herum, findet offenbar nicht, was er sucht. Dann wendet er sich mir zu. »Soll ich uns was zum Essen besorgen?«, fragt er. Erstaunt blicke ich ihn an. »Ja, wenn das möglich wäre«! »Ich versuche es«, sagt er, steht auf, zieht Jacke und Schal aus, legt beides auf die Couch und geht. Seine Tasche lässt er hier. Der hat ganz schön viel Vertrauen, denke ich. Wenig später kommt er zurück. »Kaum zu glauben, die Bar ist offen und wird es bis zum Morgen bleiben.«

»Dann nichts wie hin!« Diesmal nimmt er seine Tasche mit. Meinen Mantel und seine Jacke lassen wir auf der Couch liegen, damit unser Platz nicht anderweitig beansprucht wird.

Erstaunlicherweise ist die Bar nicht belagert. Wir finden einen kleinen Ecktisch, bestellen uns Weißwein und Wasser. Ein freundlicher Kellner bringt Nüsse und Chips, das Einzige, was an Essbarem vorhanden ist. Ich sehe auf die Uhr, gleich drei. Wir prosten einander zu, reden über dieses und jenes, über Hotels und Flugverbindungen und ein wenig über uns. Zwei Fremde mitten in der Nacht in einem Hotel in Amsterdam an einem Montag im Dezember. Philipp Flemming ist Architekt in München. Er war in Amsterdam um sich ein besonderes Projekt anzusehen. Und ich erzähle ihm von dem Fachkongress, den ich besucht habe, mit Schwerpunkt »Frauen in Afrika« und auch von meinen wunderbaren Erlebnissen vor vielen Jahren in Togo, als meine Freundin dort lebte und ich das Glück hatte, viele Monate bei ihr sein zu dürfen. Ich betrachte ihn mir etwas genauer. Er ist hochgewachsen, hat ein markantes Gesicht und helle Augen. Seine braunen Haare sind im Nacken etwas länger, sie kringeln sich. Wenn er lächelt hat er zwei Grübchen. Seine Hände sind lang, feingliedrig mit sehr kurz geschnittenen Fingernägeln. Er trägt keinen Ring. Der Wein ist köstlich, es bleibt nicht bei einem Glas. Und irgendwann sind wir mittendrin in einer interessanten Unterhaltung über Bücher, Kunst und Musik. Die bleierne Müdigkeit scheint wie weggeblasen. Philipps Gesten sind lebhaft. Er erzählt begeistert von seiner siebenjährigen Tochter

Viktoria, die in die zweite Klasse geht. »Dieses lebendige Kind, bringt viele unverbrauchte Sichtweisen in mein Leben.« Philipp scheint ganz bei Viktoria zu sein. Als er dies sagt, zieht ein verschmitztes Lächeln über sein Gesicht. »Kürzlich kam sie aufgeregt zu mir. Weißt du was Papa, Elfenbeinschmuck ist ganz schön gemein! »Wieso?«, frage ich sie.

»Da reißen sie den Elfen die Beine aus und machen sich diese ausgerupften Elfenbeine ans Ohr!« Jetzt lache auch ich über Viktorias Ansicht über Elfenbein. »Vor Kurzem hatte ich geschäftlich ich in London zu tun«, sagt Philipp und als ich zurückkam meinte sie: »Papa du sagst, dass du eine Geschäftsreise gemacht hast. Aber was hast du dort gemacht?«

»Ich habe einen Kongress besucht.«

»Was macht man bei einem Kongress?«

»Ich höre zu, was verschiedene Leute erzählen und das erzähle ich dann meinen Kollegen in München weiter.« Sie überlegte skeptisch. »Weitererzählen, das ist doch keine Arbeit, das ist doch babyleicht.« Dann meinte sie. »Papa, dann war das doch eine Spaßreise, oder?«

»Wie schön eine kleine Tochter zu haben«, sage ich. »Ja, das ist es wirklich!« Philipp nickt gedankenverloren. »Ich bin froh, dass es sie gibt. Viktoria ist leider unser einziges Kind. Und ich bin mit meinen 45 Jahren ja schon ein älterer Vater.«

»Und Sie, Frau Sandmann, haben Sie Kinder?«

»Nein. mein Mann ... wir haben keine Kinder.« Was hätte ich diesem Fremden erzählen sollen. Dass Robert und ich uns erst einmal verwirklichen wollten, wie wir es nannten. »Wie wär's fragt Philipp, mitten in meine Betrachtungen hinein, »sollen wir uns draußen ein wenig die Beine vertreten? Gleich gegenüber gibt es einen Park.«

»Gute Idee, frische Luft wird mir gut tun, ich bin völlig überdreht«, antworte ich. Wir holen Mantel und Jacke, geben unser Handgepäck an der Rezeption ab.

Draußen ist es sehr kalt, es hat aufgehört zu schneien. Philipp bietet mir seinen Arm an. Ich hänge mich bei ihm ein. Wir stapfen durch den tief verschneiten Park. Eine ganze Weile gehen wir still nebeneinander her. Mir ist, als befände ich mich in einem schützenden Kokon, ganz weit weg von meiner wirklichen Welt und ich kann gar nicht glauben, dass ich das bin, die hier mit einem Fremden durch einen verschneiten Amsterdamer Park spaziert. Eine Turmuhr schlägt fünf. Philipp bleibt abrupt stehen. »Viktoria ist nicht meine leibliche Tochter, aber ich bin so glücklich dass ich sie habe.« Erstaunt blicke ich ihn an. »Sie finden es sicher seltsam, dass ich Ihnen das erzähle. Normalerweise tue ich das nicht.« Schweigend gehen wir weiter. In einer wie mir scheint unbewusst liebevollen Geste legt er nun für einen Moment fürsorglich den Arm um meine Schultern. Ich hänge mich wieder bei ihm ein. »Als junger Mann hatte ich Mumps, ich kann keine Kinder zeugen.« Wieder schweigen wir für eine Weile. Robert und ich haben aus Egoismus keine gewollt denke ich, sage aber nichts.

»Meine Frau hatte ein Verhältnis mit meinem besten Freund«, fährt Robert fort. Als Katja mir die Schwangerschaft gestand, war ich außer mir, konnte den Verrat nicht fassen, wollte sie verlassen. Kurz danach starb Michael durch einen Skiunfall. Ich konnte Katja jetzt nicht auch noch im Stich lassen. Sie bat mich, wenigstens für die Monate der Schwangerschaft mit ihr zu leben. Als Viktoria geboren wurde und die Hebamme mir dieses kleine Wesen in die Arme legte, da erfüllte mich ein tiefes, überwältigendes, nie gekanntes Glücksgefühl. In diesem Moment beschloss ich, alles für Viktoria zu tun. Da Katja und ich verheiratet waren, galt Viktoria sowie als meine legale Tochter.«

»Und was ist aus Ihrer Ehe geworden?«

»Meine Frau und ich gehen anständig miteinander um, aber einen wirklichen Weg zueinander haben

wir nicht mehr gefunden. Viktoria ist unser Binde-
glied. Manchmal scheint weg zu gehen die einfa-
chere Lösung, aber erst mal dableiben und stillhal-
ten und sehen was passiert, das ist in meinen Augen
mutiger. Lange hatte ich gedacht alles verloren zu
haben, aber durch Viktoria habe ich etwas gewon-
nen, das mir viel mehr bedeutet.«

Wir stehen plötzlich vor einem steinernen, ziemlich
zugeschneiten Grabdenkmal. »Welche Hoffnung
trägt unser Leben?«, spricht Philipp weiter. »Das ist
doch immer wieder die zentrale Frage. Manchmal
in schwierigen Stunden, wenn ich überarbeitet bin,
und das kommt oft vor, da verspüre ich große Lust
mein Leben wieder auf neue Art zu entdecken.
Dann wünsche ich mir, dass die Zeit nicht nur eine
mit der Uhr messbare Einheit ist. Dann will ich den
Rhythmus meiner Tage ändern, möchte Zeit mal
wieder sorglos verrinnen lassen, ohne Angst, dass
dieses oder jenes nicht fertig wird. Mehr Zeit mit
Viktoria verbringen. Diese ganzen globalen Vernet-
zungen, setzen uns im Geschäftsleben immer mehr
unter Druck.« Stumm betrachten wir dieses Denk-
mal. »Ich möchte einmal ein grün bewachsenes
Grab mit einer Wasserschale aus der die Vögel
trinken«, sage ich, »und viele Rosen sollen dort
wachsen.« Philipp lacht laut, und durch dieses La-

chen sind wir wieder im Hier und Jetzt angekommen. Auch ich lache. »Ganz schön makaber«, meint Philipp. »Ich habe mit dem Tod so meine Schwierigkeiten, wie die meisten Männer.« Wir stapfen weiter durch den Park und Philipp meint. »Ich habe ziemlich von mir erzählt«, von Ihnen weiß ich nur, dass Sie eine kleine Buchhandlung in Schwabing haben und dass Sie mit einem Robert verheiratet sind.« Er stockt eine Weile, fährt dann fort: »Kann es sein, dass ich da eine gewisse Traurigkeit an Ihnen bemerke, wenn Sie seinen Namen aussprechen?«

»Das ist Ihnen aufgefallen«? stelle ich verwundert fest. »Was man selber gut kennt, kann man auch bei anderen erkennen.« Ich nicke. »Wir hatten eine große Liebe, viele Jahre lang und jetzt, obwohl ich das nicht gerne zugebe, fühle ich mich in unserer Beziehung physisch und psychisch erschöpft. Ich komme mir leer, hohl und ausgelaugt vor. »Robert weicht mir aus. Wir können zurzeit nicht gut miteinander sprechen, obwohl wir das immer konnten. Es gibt Tage, da sind wir uns nah und ich denke, alles kommt ins Lot und andere Tage, da sind wir uns unendlich fern. Ich bin oft hin- und hergerissen.«

»Auch ich bin im Grunde meines Herzens davon überzeugt, dass die wirkliche Kraft einer Beziehung im Zusammenhalten liegt.«

»Seelen wachsen erst zusammen, wenn man ihnen eine Heimat gibt und das ist wohl das Schwierigste«, meint Philipp. »Nach einem langen Konflikt sollte man zu einem Kompromiss bereit sein, sonst kann man nicht weiter zusammenleben. Ein bisschen große Liebe gibt es nicht. Je größer die Liebe, umso größer die Tragödie.« Wir bleiben stehen. Philipp lächelt mich an. »Darf ich Sie Philipp nennen, frage ich ihn? »Nur zu, Pauline.«

»Seltsam, noch vor wenigen Stunden waren wir uns völlig fremd und jetzt laufen wir hier in Amsterdam durch den verschneiten Park.« Wir sehen uns eine Weile in die Augen und da ist so eine selige Nähe und Wärme, wie ich sie lange vermisst habe. Auf einmal kommen Räumfahrzeuge angefahren, die Stadt erwacht, wir müssen zurück. Schweigend, uns betrachtend, trinken wir einen letzten starken Espresso an der Bar. Mein Herz pocht heftig, etwas ist mit uns geschehen. Philipp streichelt meine Wange, gibt mir einen scheuen Kuss. »Möchtest Du, dass wir uns wieder sehen«? fragt er und ich nicke.

Wie in Trance fliege ich nach München zurück. Philipp bekommt erst in der Nachmittagsmaschine einen Platz. Als ich die Haustüre aufschließe, bin ich sehr froh, dass Robert nicht da ist. Ich lasse mir ein heißes Bad, mit duftendem Öl ein, lege mich in die Wanne und denke an Philipp. So glücklich habe ich mich seit Jahren nicht mehr gefühlt.

Die nächsten Tage und Wochen höre ich nichts von Philipp, ich hatte fest damit gerechnet, dass er sich melden würde. Nun gut, ich werde auf keinen Fall anrufen, schließlich ist er ein verheirateter Mann. Als Robert zurückkommt, bin ich ziemlich reserviert. Auch Robert bleibt in seinem Schneckenhaus. Das Weihnachtsfest bringen wir mit gemischten Gefühlen hinter uns. Allmählich verblasst auch die Erinnerung an Philipp. Und doch, es gibt immer wieder Stunden, wo ich mit großer Zärtlichkeit an ihn denke. Im Januar, als ich ihn schon fast vergessen habe, steht Philipp eines Tages plötzlich in der Buchhandlung. Mein Herz macht einen freudigen Sprung. Er sieht gut aus in seiner schweren Lederjacke. Ich bitte meine Kollegin mich für eine Weile zu entschuldigen. Wir gehen in das kleine Café ums Eck. »Geht es dir gut, Pauline?«, fragt er, als wir so nebeneinander gehen. Dabei berührt er wie unabsichtlich meine Hand. Erinnerungen werden wach. Ich nicke. »Wirklich?«, fragt er noch einmal. Im Café bestellen wir Croissant. »Die sind hier besonders gut«, sage ich, »wie in Frankreich.«

»So, sind sie das!«, lächelt Philipp mich an. Wir sehen uns eine Weile still in die Augen. »Mich interessiert sehr, wie es dir ergangen ist?«, will ich wissen. Philipp zögert mit der Antwort. »Wie es mir ergangen ist? Das ist nicht einfach zu beantworten.« Als er dies sagt, scheint er plötzlich gedanklich weit weg zu sein. Die Bedienung bringt unsere Bestellung. Philipp bedankt sich und beißt gleich in ein Croissant hinein. »Nicht zu viel versprochen«, meint er, »wirklich köstlich.« Er trinkt einen Schluck Kaffee, stellt die Tasse ab und nimmt meine Hand. Da ist es wieder, dieses Gefühl. Freudiger Aufruhr, mächtig und wunderbar. »Manchmal möchte ich auf und davon, aber da ist Viktoria.« Gedankenverloren sieht er mich an, während er immer noch meine Hand hält. »Vielleicht Pauline, bin ich viel eher ein Feigling, als ein guter Mensch, jemand der sich aus Bequemlichkeit mit weniger zufriedengibt, als er sich erträumt hat.« Er lässt meine Hand los. »Ich glaube zwischen Katja und mir gibt es keine Liebe mehr, das ist das eigentliche Problem.«

»Sieht deine Frau das auch so?«

»Nein!«

»Ich dachte bisher immer, es ist besser, wenn ich zurückstecke und die Familie zusammenhalte«, fährt Philipp fort. »Aber in letzter Zeit kommen mir immer öfter Zweifel.« Er atmet tief durch. »Und doch gibt es kaum etwas, das es rechtfertigen würde, ein Kind zu verlassen. Ich sorge mich um Viktoria und um Katja, wenn ich was anderes behaupten würde, wäre das gelogen.« Philipp nimmt wieder meine Hand. »Jetzt interessiert mich aber sehr, wie es dir geht?« Ich hätte ihm gerne gesagt, dass ich mich seit Wochen unwohl fühle, als wäre mein Körper von einem Virus befallen. Aber davon will ich nicht sprechen, denn ich glaube daran, dass wenn ich etwas ausspreche, irgendwo schon eine Entscheidung gefallen ist. All das behalte ich für mich. Stattdessen spreche ich über meine Buchhandlung und was ich so alles unternehme.

Philipps Blick sagt mir, dass er sehr wohl versteht, dass ich nicht über meine Beziehung zu Robert sprechen will. Ich betrachte diesen gar nicht so Fremden, der noch immer meine Hand hält. »Pauline, ich bin ein zerrissener Mann. Glaub mir, ich denke oft an dich!« Ich nicke, er lässt meine Hand los. »Ich wusste, du verstehst, dass ich mich nicht gemeldet habe. Ich kann dich in meiner jetzigen Situation auch nicht treffen, und ich will das auch gar nicht.« Und genauso wie er gekommen ist, geht er.

Als ich nach Hause schlendere, noch immer in Gedanken bei Philipp, ahne ich nicht, was mich bald erschüttern wird. Wenig später gesteht mir Robert, dass er länger schon, eine andere Frau liebt. Ich habe das Gefühl ein Abgrund tut sich auf. Es liegt etwas Verzweifeltes in seiner Mitteilung. Als ich ihn ansehe weiß ich auf einmal ganz klar, dass es um die Zukunft unserer Ehe schlecht bestellt ist. Etwas, das einmal solide und kostbar war, ist jetzt beschädigt. Mit großer Wucht trifft mich der Schmerz des Verlassenseins. Fassungslos stehe ich vor den Scherben unserer großen Liebe. Unsere Ehe bedeutet nichts mehr. »Ich will dir nicht weh-tun!«, ruft Robert fast verzweifelt. Ich blicke ihn an, diesen Mann, mit dem ich vierzehn Jahre zu-sammen bin. Fragen kreisen in meinem Kopf. Wann war er aus unserer gemeinsamen Welt ausge-stiegen? Ein Fremder steht vor mir, ein Mann in dessen Augen ich Mitgefühl und Fluchtgedanken entdecken kann, die Fluchtgedanken überwiegen. Als Robert die Türe hinter sich zumacht, lege ich mich auf den Boden, die Arme eng an meinen Kör-per gepresst und weine und weine. Nichts kann mehr ungeschehen gemacht werden, die Konse-quenz dieses Augenblicks wird in alle Ewigkeit andauern. Bewegungen und Zeit scheinen verlang-samt, formlos, als ob sich alles in einem schlechten Traum befindet. Nichts mehr bedeutet noch irgend-etwas. Ein dumpfer Schmerz breitet sich aus.

Es ist eine alte, müde Frau, die sich die nächsten Tage in die Buchhandlung schleppt. Ich fühle mich so leer, als ob mir die Lebensessenz entzogen worden wäre. Irgendwie überstehe ich die Stunden, ich weiß nicht wie. Plötzlich lösen sich die gemeinsamen Jahre mit Robert in Nichts auf. Und doch gibt es auch Stunden, da fühle ich fast keinen Schmerz, da ist mir, als befände ich mich in einer schützenden Hülle und weiß nicht wie ich da hineingeraten bin. Da bin ich eine andere Person, nicht Pauline, die von ihrem Ehemann verlassen worden ist. Ich befinde mich in einem Bühnenstück und bin gleichzeitig Zuschauer und Hauptdarstellerin. Als Robert und ich uns treffen, reagiert er wütend, als ich ihn Lügner und Betrüger nenne. Nach einer Weile beruhigen wir uns und ich fasse nach seiner Hand. Erschrocken sieht er mich an. Gegen Wut und Aggression kann er sich wehren, bei Zärtlichkeit ist er hilflos. »Es tut mir alles so leid«, sagt er. Ich sehe ihn an und kann in seinem Gesicht nichts mehr von unseren gemeinsamen Jahren finden. »Dir tut es leid und ich fühle mich gedemütigt«, schreie ich.

Januar und Februar gehen vorbei. Philipp schickt mir mit der Post ein Hörbuch von Hölderlin mit einem kleinen Gruß. Ich antworte nicht und irgendwie ist es auch nicht mehr wichtig. Robert ist zu seiner neuen Liebe gezogen und ich bin noch immer die Leidende. Er ist gegangen, ohne letzte Berührung. Gefühle wechseln einander ab. Zorn, Wut, Traurigkeit. Plötzlich werden gemeinsame Stunden unendlich kostbar. Es gibt Momente, da würde ich mir wünschen, den Zauber unserer Liebe wieder zu finden, Stunden, wo ein Teil von mir noch immer zu Robert laufen möchte. Nie hätte ich gedacht, dass dieser Prozess so schmerzhaft sein würde.

So viele Fragen kreisen in meinem Kopf. Warum, nur, warum? An vielen Tagen steckt noch immer ein Dolch in meinem Herzen. Bin ich das wirklich? Diese Frau, die mit ihm durch so viele Jahreszeiten ging. Und er hatte versprochen in guten und in schlechten Tagen an meiner Seite zu sein. Ich fühle mich einsam und verlassen. Oh Erdenschwere, geh weg. Ich kann mir nicht vorstellen, jemals wieder glücklich zu sein.

In meiner Wut und Verzweiflung, schreibe ich eines Morgen eine E-Mail an Philipp, schreibe alles, was passiert ist. Ich bitte um ein Gespräch. Noch bevor ich wirklich überlege, drücke ich in meiner Impulsivität auf »Senden«. Am Nachmittag ruft er mich an. Fast erschrecke ich, als ich seine Stimme höre.

»Ob ich der richtige Gesprächspartner bin, bezweifle ich, egal, würde es Dir heute Abend passen, so gegen 19.00 Uhr?«

»Ja!.«

»Ich hole Dich in der Buchhandlung ab.« Noch bevor ich antworten kann, hat Philipp aufgelegt.

Im Laufe des Nachmittags erscheint es mir völlig kindisch, Philipp damit belästigt zu haben und bin dann doch froh und sehr aufgeregt, als er mich abholt. Gut sieht er aus. Vorsichtig umarmen wir einander, küssen uns auf die Wange, wie zwei Freunde. »Wollen wir was essen gehen?«, fragt Philipp. »Ja, und ich weiß auch schon wo, wenn du einverstanden bist.« Wieder hänge ich mich bei ihm ein und wie zwei gute Kameraden laufen wir die Türkenstraße hinauf, vorbei am Siegestor, in den Englischen Garten hinein. Über uns wölbt sich ein erhabener Sternenhimmel, alles ist still. Nur wenige Menschen begegnen uns. Wir laufen am Monopteros vorbei, hinüber ins Lehel zu meinem Lieblingslokal. Dort ist es ruhig, wir essen zu Abend und ich erzähle und erzähle und Philipp hört zu. Ab und zu weine ich ein bisschen, während Philipp meinen Arm streichelt. Nach dem Essen spazieren wir im Park durch die mondhelle Nacht. Wir laufen an einem kleinen Bach entlang, der nur wenig Wasser führt. Philipp hat den Arm um mich gelegt. Ich fühle mich beschützt und dennoch so zerrissen. »Bleib mal stehen Philipp«, sage ich. Ich ziehe meinen Ehering vom Finger. Mit Schwung werfe ich ihn in den Bach. »Er hat keine Bedeutung mehr für mich«, rufe ich zornig. »Ja bist du denn von allen guten Geistern verlassen«, ruft Philipp entsetzt, »man wirft doch nicht einfach seinen Ehering weg.« Noch ehe ich antworten kann, beugt er sich zum Wasser hinunter und findet tatsächlich den Ring. Er hält ihn mir hin, ich will ihn nicht nehmen. »Sei nicht albern Pauline«, sagt er und steckt mir den Ring in die Manteltasche. Philipp steht nun vor mir, legt seine Arme um mich, schaut mir in die Augen. »Pauline, ich weiß nicht wie ich es dir sagen soll. Ich wäre gerne für dich da, aber, ich bin der Falsche. Wenn wir etwas miteinander anfangen würden, wäre das Flucht und Selbstbetrug. So funktioniert das nicht.« Ich nicke, atme tief: Ja, du hast recht, so funktioniert das nicht.«

»Ich bringe dich jetzt nach Hause«, sagt Philipp, drückt mir einen zarten Kuss auf die Lippen und löst seine Umarmung. Als ein Taxi vorbei kommt, hält er es an. Im Taxi kuschele ich mich an ihn. In seinen Armen fühle ich mich sicher und geborgen. Er bringt eine Saite in mir zum Klingen, die lange stumm gewesen war. Und dann, ohne zu wissen, wie es geschehen ist, finden wir uns in meiner Wohnung wieder und werfen alles über Bord, was wir vorher beschlossen haben. Wie zwei Verrückte lieben wir uns, können gar nicht genug voneinander bekommen. Was ist der Unterschied zwischen Liebe und Verliebtheit?« frage ich ihn irgendwann »Liebe hat das Wohl des Partners im Auge, Verliebtsein das eigene«, antwortet Philipp. Wir sprechen über vieles, auch über unsere Kindheit, und darüber wie prägend sie ist. Ich erzähle ihm von meinem Problem mit Nähe. »Als ich zehn Jahre alt war, starb meine Mutter. Und mein Vater, nun, er konnte Liebe nicht wirklich zeigen. Geschwister habe ich keine, so lebte ich in meiner eigenen kindlichen Welt, immer auf der Suche nach Liebe und immer vorsichtig. Ich hatte stets Angst davor, verletzt zu werden. Robert war bisher der einzige Mensch, den ich nah an mich herankommen ließ. Und Philipp erzählt, dass er immer davon träumte eines Tages etwas Eigenes vorweisen zu können. »Heute weiß ich Pauline, dass ich tief im Inneren den Traum meines Vaters zu erfüllen suchte.«

Die Uhr zeigt fast vier. Philipp muss bald gehen. Eng umschlungen und still liegen wir nebeneinander. Noch einmal durchleben wir, was wir miteinander geteilt hatten. Leidenschaft, Lust, Wärme,

Staunen, Lachen, Freude. Bevor er geht, setzt er sich zu mir aufs Bett. »Bedauerst du es?«

»Nein, du hast mir das Gefühl gegeben begehrenswert zu sein.«

»Das bist du Pauline, das bist du. Nicht nur deine wunderbaren langen, roten Haare, deine grünen Augen und die Sommersprossen machen dich attraktiv, es ist dein ganz eigenes Wesen als Frau. Ich erwidere seinen Blick und bin froh, dass ich wieder so fühlen kann. Wir haben uns gut getan. Lange schauen wir uns in die Augen, als ob wir nicht die Kraft finden würden den anderen loszulassen. Philipp steht auf. »Leben wohin führst du uns?«, sagt er zum Abschied. Und als er das sagt, klingt seine Stimme stark und klar.

Als er fort ist, ziehe mir etwas Warmes an und setze mich hinaus auf den Balkon. Noch ist alles dunkel. Hier und da brennt ein Licht irgendwo für irgendwen. Auf einmal fühle ich mich sorglos und leicht. Eine große Zärtlichkeit für Philipp steigt in mir auf, sie erfüllt mich mit Freude und Traurigkeit zugleich. Der eiserne Griff der Vergangenheit hat sich gelockert in mir und ist nicht mehr in der Zeit gefangen.

März und April ziehen ins Land, erstes Grün ist zu sehen. Der Frühling kommt und mit ihm Heilung.

Es ist, als würde sich alles wieder besser anfühlen in mir. Es geschieht jetzt viel öfter, dass ich mit dem Rad über stille Wege fahre und neue Spuren finde. Mehr und mehr lerne ich alleine zu leben, ohne mich einsam zu fühlen. Eine innere Stimme sagt, gut dass du aufgehört hast dich zu verletzen, du kannst nicht leben, was du nicht mehr hast. Die liebesarme Kindheit ist nicht schuld. Ich habe viel nachgedacht über unsere Ehe. Robert war nicht alleine schuld, dass es so weit gekommen ist. Da gab es viele Umarmungen, die auch ich nicht zuge-lassen habe. Und wie oft auch, habe ich mich mit unsichtbaren Mauern umgeben. Dennoch, die Art wie er ging empfand ich als feige. Von Philipp kam ein Strauß Rosen mit einer Karte »für Pauline«, sonst nichts. Eine Zeit lang hatte ich große Sehn-sucht nach ihm, wollte ihn anrufen, aber ich ließ es bleiben. Wir haben uns nicht mehr getroffen, wohl wissend, dass alles gut ist, so wie es ist.

An einem sonnigen Maisonntag, mache ich mit Freunden eine Fahrradtour am Starnbergersee. Als wir am Nachmittag in einem Biergarten anhalten, entdecke ich ihn. Philipp sitzt dort auf einer Bank mit einer Frau, und einem bezaubernden kleinen Mädchen. Ich nehme an, dass es Katja und Viktoria sind. Die drei reden und lachen miteinander, auf ihren Gesichtern liegt viel Freude. Das kleine Mädchen, schmiegt sich an ihn und er streichelt ihr zärtlich übers Haar. Für einen Moment gibt es mir einen Stich, sie so zu sehen. Sie sehen wie eine glückliche Familie aus. Philipp bemerkt mich nicht und das ist gut so. Diese Nacht mit ihm, war kostbar und wahr. Ich werde mich immer mit großer Zärtlichkeit daran erinnern. Nun verstehe ich, warum er sich nicht mehr gemeldet hat. Während ich an ihn denke, sehe ich sein Gesicht deutlich vor mir, beinahe glaube ich, es berühren zu können. Ich erinnere mich voller Wehmut an seine Umarmung, aber auch voller Freude. Er hat eine weise Entscheidung getroffen.

So geht der Frühling in den Sommer über, der Herbst beginnt. Noch immer leuchtet das Land in verschwenderischer Blütenfülle. Robert hat um die Scheidung gebeten. Ich bin ihm nicht mehr böse. Und dann eines Morgens erwache ich voller Heiterkeit. Ich recke und strecke mich im Bett. Sonnenstrahlen erhellen mein Zimmer. Plötzlich ist da so etwas wie ein Glücksgefühl. Ich fühle mich fast unbekümmert. Fühle neue Kraft und Energie in mir. Mein vermeintlich geordnetes Leben war zusammengebrochen und ich dachte eine Zeit lang, dass ich es nicht überleben würde. Aber, ich habe überlebt und jetzt spüre ich, dass etwas Neues entsteht. Ich stehe auf, straffe die Schultern, hebe den Kopf. Ein goldener Herbsttag wartet draußen auf mich. Es geht mir gut.

Wie hatte Philipp gesagt, Glück muss man nicht zeigen, glücklich ist man.

# Annas Entscheidung

*Anna glaubt mit Simon, der eine erfolgreiche An-waltspraxis betreibt, eine gute Ehe zu leben. Leider ist die Ehe kinderlos.*

*Als Anna von einem Tag auf den anderen erfährt, dass Simon sie betrügt, gerät ihre Welt aus den Fugen. Simon verlangt die Scheidung, seine Ge-liebte erwartet ein Kind von ihm. In ihrer Not flüchtet Anna zu ihrer Tante Elisabeth an den Starnberger See. Dort lernt Anna die zehnjährige Lena kennen, die ihre Mutter auf traumatische Wei-se verloren hat. Seit dieser Zeit spricht Lena nicht mehr. Tante Elisabeth kümmert sich rührend um das kleine Mädchen. Lenas Vater Bernhard und Anna kennen sich, sie haben zusammen die Grund-schule besucht.*

*Dort am See findet Anna langsam zu sich. Das Zu-sammensein mit Lena, die ein aufmerksames, lie-benswertes Kind ist, tut Anna gut. Als Simon auf-taucht und seine Frau zurückhaben will, fühlt Lena sich nicht mehr beachtet, läuft auf den Bootssteg, verliert die Balance und fällt in den See.*

\*\*\*

Am frühen Morgen trete ich hinaus in meinen geliebten Garten. Die Fülle all dieser verschwenderisch blühenden Sommerblumen, Sträucher und mächtigen Bäume berührt jedes Mal mein Herz. Ein Garten ist etwas so Tiefes, Wunderbares. Schon als kleines Mädchen liebte ich es, im Garten zu spielen, besonders bei Tante Elisabeth am Starnberger See. Ich gehe bis zur rückwärtigen Mauer des weitläufigen Gartens. Das ist mein lauschiges Plätzchen, mit einem großen Tisch, dem alten Korbsessel und zwei Stühlen. Um mich herum wachsen hohe Farne, zartrosa Kletterrosen ranken über die Mauer. Nichts dringt von außen hier her. Die Stille wird allein von Vogelgezwitscher unterbrochen. In der Gartenmauer gibt es eine kleine Tür. Wenn ich dort hindurchschlüpfe, bin ich gleich an einem Bach mitten im Wald. Es ist so schön hier. Als Simon und ich uns vor Jahren dieses damals zugewachsene Grundstück, mit dem verfallenen Haus ansahen, wussten wir gleich, das wird unser Zuhause. Hier würden wir mit unseren Kindern leben. Ich hatte mir immer gewünscht, in so einem großen alten Haus wohnen zu können. Auch im Winter ist es schön mit seinen großen Fenstern bis zum Boden, dem offenen Kamin, dem weiten Blick hinaus. Ich hole den großen Schlauch, gehe zum Brunnen, und fange an, den Garten zu sprengen. Ich empfinde diese Tätigkeit nie als Last, mehr als eine meditative Betrachtung. Wie gut, dass ich nur an drei Tagen der Woche in Simons Anwaltskanzlei mitarbeite, so bleibt mir viel Zeit für unser schönes Zuhause. Haus und Garten sind mein Refugium. Simon findet alles großartig, genießt es und lobt mich in den höchsten Tönen, besonders wenn wir Gäste haben. Schon während seiner Studentenzeit haben wir uns ineinander verliebt und von Anfang an gewusst, dass es eine Liebe fürs ganze Leben ist. Als junger Referendar verdiente er damals kaum Geld. Ich habe als Sekretärin für unseren Unterhalt gesorgt. Aber jetzt, können wir uns ein großzügiges Leben leisten, es geht uns einfach gut. Simon ist immer sehr spendabel.

»Gönn Dir was, Anna«, sagt er oft, »gönn dir einfach was Schönes.« Und das tue ich auch. Ich atme tief durch und fühle, wie glücklich ich mich schätzen kann, einen Mann wie Simon an meiner Seite zu wissen. Er und ich, wir stimmen in so vielem überein, nicht nur was die Einrichtung unseres Hauses betrifft. Wie sagt er immer? »Nähe und Freiheit, das ist es, was zählt, Anna.« Und doch gibt es da einen Stachel in unserem Fleisch, einen dunklen Punkt. Wir haben keine Kinder bekommen. In den 17 Jahren unserer Ehe bin ich nicht einmal schwanger geworden. Untersuchungen haben keine hinderlichen Befunde ergeben. Alles sei normal, sagten die Ärzte. Ich hatte manchmal an Adoption gedacht, aber Simon lehnte dies ab. Einem Kind ein Zuhause zu geben, ist auch jetzt mit meinen 38 Jahren noch immer eine große Sehnsucht. Seltsamerweise scheint es Simon nichts mehr auszumachen. Ich sehe den alten Fabio durch den Garten kommen. »Lassen Sie mich das machen, Signora«, sagt er lächelnd und nimmt mir den Schlauch aus den Händen. Fabio arbeitet viel im Garten, sodass wir auch im Sommer öfter wegfahren können. Wir verstehen uns ohne große Worte.

Ich gehe zurück ins Haus, koche Kaffee, mache ein Brot zurecht und setze mich damit hinaus auf die Terrasse. Es wird ein heißer Tag werden. Genüsslich beiße ich in das Brot und hätte gerne noch ein zweites gegessen, aber das lasse ich lieber sein, denn heute Abend werden Simon und ich im Restaurant *Zum goldenen Hirsch* richtig schlemmen. Er war so beschäftigt in den letzten Wochen, dass wir nicht einmal zum Reden gekommen sind. Ich bin froh, dass wir im Großen und Ganzen eine gute Ehe führen, anders als die Ehen meiner Freundinnen, deren Männer oft so mürrisch sind. Simon ist anders. Er sieht mit seinen 43 Jahren noch immer gut aus. Er wirkt sehr interessant, hat das gewisse Etwas. Wir lachen viel miteinander.

Wir gelten als attraktives Paar. Gewiss, in letzter Zeit hat Simon Schatten um die Augen, er isst wenig, arbeitet bis tief in die Nacht hinein, ist ständig bei Auswärtsterminen. Deshalb soll heute ein besonderer Abend sein. Wir beschenken uns gerne mit Restaurantbesuchen. Wir verbringen meist schöne, heitere Stunden mit guten Gesprächen. Simon schaltet ab und genießt mit mir unser gutes gemeinsames Leben. Am Nachmittag rufe ich in der Kanzlei an. «Er ist auf einem Auswärtstermin», erfahre ich von der Sekretärin, Frau Schäfer. »Erinnern Sie ihn bitte daran, dass er rechtzeitig heimkommt. Der Tisch im *Goldenen Hirsch* ist für sieben Uhr bestellt.«

Am Abend mache ich mich sorgfältig zurecht. Ich ziehe die türkisfarbenen Ohrringe an, die er mir im letzten Italienurlaub gekauft hat, betrachte mich im Spiegel. Für mein Alter sehe ich ganz passabel aus. Der schicke Hosenanzug kaschiert das kleine Bäuchlein, das türkisfarbene Seidentop darunter passt gut zu den Ohrringen. Ich nehme den langen, farblich passenden Seidenschal, werfe ihn über die Schulter, nicke mir zu. »Es geht dir gut, Anna«, sage ich zu meinem Spiegelbild. Ich sehe auf die

Uhr, zwanzig Minuten vor sieben. Komisch, Simon ist noch nicht da, er hat auch nicht angerufen. Nun, das kommt öfter vor, dass er erst im letzten Moment eintrifft. Auf Simon ist Verlass. Viertel nach sieben! Ich werde etwas unruhig und rufe in der Kanzlei an. Dort läuft der Anrufbeantworter. Ich wähle seine Handynummer, es klingelt, niemand hebt ab. Ich rufe bei Frau Schäfer zu Hause an, auch dort meldet sich niemand. Ob ich den Tisch absagen soll? Vielleicht ist was Wichtiges dazwischen gekommen? Aber dann hätte er doch angerufen! Unruhig laufe ich im Haus herum. Als ich zwanzig vor acht immer noch ohne Nachricht bin, fahre ich in sein Büro. Unterwegs sage ich den reservierten Tisch ab. »Das macht nichts, Frau Kranzmann«, meint der Inhaber vom *goldenen Hirsch.* »Rufen Sie einfach an, wenn Sie doch noch kommen wollen und ... grüßen Sie Ihren Mann.«

Als ich vor der Kanzlei ankomme, ist alles dunkel. Es wird doch nichts passiert sein? Simon war nie unzuverlässig. Ein seltsames Gefühl der Angst beschleicht mich. Ich atme tief durch um mich zu beruhigen. Sicherlich klärt sich alles auf. Ich werde zu der Sekretärin fahren, sie weiß bestimmt etwas. Ich fahre weiter. Überall sitzen die Menschen an diesem herrlichen Sommerabend draußen. Reden, lachen, essen, trinken. Nach etwa zehn Minuten erreiche ich die Straße, wo Frau Schäfer wohnt. Bei ihr brennt Licht. Gott sei Dank! Ganz in der Nähe, auf der anderen Seite, ist ein Parkplatz frei. Ich parke ein und genau in dem Moment, als ich aussteigen will, bemerke ich Simon, der aus Frau Schäfers Haustüre kommt. Hinter ihm Frau Schäfer. Und dann sehe ich, wie Simon sich zu ihr umdreht, sie sich umarmen und küssen. Mein Herz schlägt bis zum Hals. Nein, das kann nicht sein. Wie eine Schlange auf ihre Beute starrt, so starre ich auf die beiden, die mich nicht sehen. Sie wirken völlig vertraut miteinander. Simon geht. Die Frau ruft ihm lachend etwas nach. Simon bleibt stehen, dreht sich um, läuft zurück. Sie umarmen und küssen sich erneut. Danach geht Simon zu seinem Wagen auf der anderen Straßenseite, sie winkt ihm nach, er steigt ein und fährt davon. Frau Schäfer geht zurück ins Haus. Mein Herz rast. Das kann nicht sein, nein, das war nicht Simon, das ist ein böser Traum. All dies geschieht einer anderen Frau, aber nicht mir. Ein böser Albtraum, gleich werde ich aufwachen. Und dann schießen die Gedanken wie Blitze durch meinen Kopf. Die Augenringe von Simon, keine Zeit mehr zu haben für unsere Beziehung, die Überstunden, die Geschäftsreisen ... Ich lege die Stirn aufs Lenkrad, mir ist, als hätte ich keinerlei Gefühle mehr, als seien alle Emotionen ausgeschaltet. Ich kann nicht weinen. Ein Vakuum umschließt meine Welt, die aus den Fugen zu geraten droht. Wie hatte kürzlich mein alter Freund Bastian gesagt: »Glück und Glas, wie leicht bricht das.« Was mache ich jetzt nur, wohin kann ich gehen? Heim zu Simon? Heim, wie sich das anhört. Es gibt kein Zuhause mehr. Nach endlos langer Zeit nehme ich mein Handy, wähle die Nummer von Bastian. Leider ist dort nur der Anrufbeantworter. Ich klappe mein Handy zu. Was nun? Als ich den Motor anlasse und losfahren will, kann ich endlich weinen. Ich weine und weine, stelle den Motor wieder ab. Irgendwann versuche ich tiefer durchatmen, was mir nicht gelingt. Es ist, als ob eine Zentnerlast auf mir liegt. Ich öffne die Türe, steige aus, gehe laut schluchzend umher. Nichts ist mehr wie vorher. Innerhalb kurzer Zeit ist alles zerbrochen, woran ich geglaubt habe. Ich irre durch eine dunkle Landschaft von Enttäuschung und unvorstellbarem Schmerz. Es dauert lange, bis ich losfahren kann.

Als ich nach Hause komme, finde ich Simon im hell erleuchteten Wohnzimmer schlafend auf der Couch. Auf dem Tisch ein Stück Brot, daneben ein halb volles Glas Bier. Sein Gesicht hat einen sanften, fast zufriedenen Ausdruck. Ich betrachte ihn. Ungeheure Wut steigt in mir auf. Dann kann ich nicht mehr an mich halten. Ich nehme ein Kissen, schlage auf ihn ein, schreie meinen Schmerz hinaus. »Du verdammter Mistkerl, du Lügner, du Betrüger.« Simon schreckt auf, wehrt das Kissen ab. Mit großen Augen sieht er mich an. Ich werfe das Kissen nach ihm, es fällt zu Boden. »Warum Simon, warum?«, schreie ich, beuge mich zu ihm hinunter und halte ihn an beiden Armen fest. Simon lässt es mit sich geschehen, senkt den Blick, sagt nichts. »Wie lange geht das schon mit dieser rothaarigen Schlange?« Simon antwortet noch immer nicht, sitzt da wie ein begossener Pudel. Dann richtet er sich auf, schaut mich intensiv an. »Anna, ich will die Scheidung!« Er sagt es mit absolut ruhiger Stimme, so, als hätte er das lange geplant. Ich halte inne, was ich da höre ist nicht wahr. Scheidung! Das passiert anderen Menschen, meinen Freundinnen zum Beispiel, aber nicht mir. Wir sind doch das wunderbare Paar, welches in großem Einvernehmen miteinander lebt. Ich bekomme kaum noch Luft, reiße ein Fenster auf. Dann drehe ich mich um zu meinem Mann, stumm und sprachlos. Er beginnt zu sprechen. Seine Worte sind leere Worte, wie die eines schlechten Schauspielers in einem billigen Film »Anna, es ist nicht so, dass ich dich nicht mehr liebe, aber ich will noch mal ein ganz anderes Leben. Es ist einfach passiert.«

»Es ist einfach passiert? Einfach so? Und ich habe dir völlig vertraut. Was ist mit unserem Eheversprechen, was ist damit?«

»Anna nichts ist für immer. Ich habe keine Schuldgefühle. Du musst das akzeptieren.« Ich schüttele den Kopf, kann noch immer nicht glauben, was ich da höre. Ich laufe im Zimmer auf und ab. Simon steht auf, will mich in den Arm nehmen. »Geh weg«, schreie ich ihn an. »Uta ist schwanger, wir bekommen ein Kind«, sagt Simon ganz unvermittelt. Fast stößt er diesen Satz hinaus. Der imaginäre Dolchstoß kommt unerwartet. Ich fühle, wie der Boden unter meinen Füßen zu wanken beginnt. Und doch, an seinem Gesicht erkenne ich, dass er die Wahrheit sagt. »Es ist so Anna, Uta und ich bekommen ein Kind.« Ich sehe ihn an. Simon! Wie wenig ich ihn doch kenne. Wie arglos habe ich ihm vertraut. Wie ungeniert hat er mich betrogen. Simon setzt sich wieder, sinkt in sich zusammen, als würde er den Schmerz erleben und nicht ich. Weit weg von ihm lasse ich mich in einen Sessel fallen und betrachte ihn, diesen Fremden. Nein, ich kenne diesen Menschen nicht. Viel Zeit vergeht, stumm sitzen wir da, unfähig uns zu verständigen. Beide fühlen wir den Abgrund, der sich aufgetan hat. »Ich hätte gedacht, dass es nicht schlimmer kommen kann, als ich euch beide sah, aber nun ist es noch schlimmer gekommen.« Nach Luft ringend, springe ich auf, laufe schwer atmend hin und her, versuche tiefer zu atmen, so, als wollte ich all diesen Schmerz mit meinem Atem kompensieren. Nach und nach bekomme ich leichter Luft. »Du hast alles kaputtgemacht, Simon, einfach alles. Ich werde jetzt gehen. Wenn ich morgen zurückkomme, bist du fort, mit deinen Sachen!«

»Aber Anna, das kannst du doch nicht machen«, ruft Simon entsetzt, »lass uns wie vernünftige Menschen über alles sprechen.«

»Vernünftig? Ich soll vernünftig sein? Nein Simon, du hast mir alles genommen, nimm mir nicht auch noch mein Zuhause.«

»Anna, bitte!« Simon springt auf, streckt die Hand nach mir aus. »Ich kann dich nicht mehr ertragen Simon«, sage ich, nehme meine Tasche und gehe. Draußen zögere ich eine Weile, ich weiß nicht einmal wohin ich gehen kann, aber das ist mir egal. Ich bin verzweifelt und will fort, nur fort.

Ich liege im Hotelzimmer auf dem Bett und starre an die Decke. Ich kann nicht mehr weinen, mir ist, als sei ich das gar nicht. Im Moment tut es nicht einmal weh. So muss es wohl sein, wenn man einen

Schock erleidet. Ich spüre mich nicht mehr. Wie kann es sein, dass ein Riss durch unsere Partnerschaft gegangen ist und ich es nicht bemerkt habe? Waren meine nächtlichen Kopfschmerzattacken in letzter Zeit Vorzeichen? Hat meine Seele schon länger etwas wahrgenommen, noch bevor es mir bewusst war? Bin ich blind, naiv? Habe ich mir all die langen Jahre was vorgemacht? Simon wird Vater und will die Scheidung. Stunden vergehen, die Sonne geht auf. Mit schweren Gliedern stelle ich mich ans Fenster. Ich blicke hinaus und spüre diesen entsetzlichen Verlust. Einsam und unvollkommen ist mein Leben plötzlich geworden. Mir schwindelt, ich habe das Gefühl gleich umzufallen. Ich bin am Rande meiner Kraft. Tiefer stürzen kann ich nicht.

Ich komme heim. Das Haus ist leer. Keine Nachricht. Nichts. Ich öffne Simons Kleiderschrank, all seine Sachen sind da. Ob er es sich anders überlegt hat? Er ist doch mein Mann, er kann nicht einfach so gehen. Oder doch? Plötzlich scheinen gemeinsame Stunden unendlich kostbar. Ich betrachte mich im Spiegel. Was ich sehe, ist eine alte, müde, gebeugte Frau. Mir ist, als hätte ich jede Würde verloren. Das Telefon läutet. »Anna«, sagt er mit belegter Stimme, »Anna, es tut mir so leid … Ich wollte nicht, dass du es auf diese Weise erfährst …« Wir schweigen, ich höre ihn atmen. »Anna, bist du noch da?«

»Du kannst dir weitere Lügen ersparen«, sage ich und lege den Hörer auf. Aufgewühlt und zittrig setze ich mich hin. Ich weiß jetzt, dass ich von hier weg muss, ich brauche Abstand, viel Abstand. Ich werde zu Tante Elisabeth an den See fahren. Ja, genau das werde ich tun.

Mein Koffer ist gepackt. Am Küchentisch schreibe ich eine Nachricht für Simon. … *dass ich dich jetzt nicht sehen möchte, wirst du verstehen. Ich komme auch nicht mehr ins Büro, deine »Sekretärin!!!« wird wohl alles regeln. Ich fahre zu Tante Elisabeth. Sorge dafür, dass der Garten gesprengt wird oder ist das zu viel verlangt?* Ich lese die Notiz noch mal durch und finde es töricht, ihm so eine ausführliche Nachricht zu hinterlassen. Soll er sich doch sorgen. Ich zerreiße die Nachricht, werfe sie in den Müll. Fabio wird sich um den Garten kümmern.

Ich erblicke von fern den See – mein Herz wird leichter. Ich kann wieder atmen. Der See, wie ein vertrauter Freund. Das war schon seit Kindertagen so, als ich die Sommer hier verbrachte.

Damals lebte Johannes noch, Elisabeths Mann. Das

von Rosen und Efeu umrankte Haus es fühlt sich an wie »Heimkommen«. Hier werde ich Trost finden. Elisabeth hat wohl mein Auto gehört. Mit ausgebreiteten Armen kommt sie mir entgegen. Ihre vierundsiebzig Jahre sieht man ihr nicht an. Das wettergegerbte, faltige Gesicht ist umrahmt von silbergrauen, halblangen Haaren. Um den Kopf hat sie einen orangefarbenen Schal gewickelt. Der Schalk blitzt ihr noch immer aus den Augen. Sie wirkt jung und alt zugleich. Ohne Worte nimmt sie mich in den Arm, streichelt mir über den Rücken. Ich beginne heftig zu schluchzen und lehne mich an sie. Als ich mich einigermaßen beruhigt habe, fällt mein Blick auf ein hübsches, zierliches, etwa zehnjähriges Mädchen mit weißblonden Haaren und blauen Augen, das aus dem Haus kommt. Mit einer Puppe im Arm schaut es verlegen und erstaunt zu uns her. Elisabeth winkt zu ihr: »Das ist Lena«. Zögernd kommt das Kind näher. »Guten Tag Lena.« Ich beuge mich hinunter und reiche ihr die Hand. Sie drückt meine Hand und sieht mich stumm an. »Weißt du Lena, ich habe großen Kummer, deshalb habe ich geweint«. Lena nickt mit großen Augen. »Lena, zeigst du deiner Puppe mal das Vogelnest im Strauch, das wir heute Morgen entdeckt haben?«, fragt Elisabeth. Lena nickt, lächelt und läuft in den Garten zu der Schaukel, die von einem Baum herabhängt. »Wenn sie Ferien hat, ist sie tagsüber meist bei mir«.

Elisabeth nimmt meine Reisetasche. »Jetzt komm!« Ich folge ihr mit dem Koffer ins Haus. Das Gepäck stellen wir in den Gang und gehen in die große Wohnküche. Während Elisabeth eine Flasche Champagner aus dem Kühlschrank fischt, sitze ich auf der Bank.

»Ein liebes Kind, diese Lena«, sage ich zu ihr. »Ein sehr liebes Kind«, nickt Elisabeth, »leider kann sie nicht sprechen.«

»Was ist passiert?«

»Lenas Mutter ist im See ertrunken, sie musste das mit ansehen. Seit dieser Zeit spricht sie nicht mehr«, erzählt Elisabeth, während sie zwei Gläser aus dem Schrank nimmt. »Mein Gott, wie tragisch.«

»Das kann man wohl sagen«, antwortet Elisabeth und stellt die Gläser auf den Tisch. »Das sind fast drei Jahre her. Sie lebt bei ihrem Vater. Alle Therapien sind gescheitert.« Elisabeth reicht mir die Champagnerflasche. »Mach du sie auf, Champagner tut immer gut.« Der Korken löst sich mit einem lauten Knall, ein wenig schäumt über. Ich halte die Flasche an meinen Mund, damit nicht zu viel daneben geht. Elisabeth lacht und nickt. Wir

stoßen an. »Prost Anna, schön, dass du da bist.«
Elisabeths Blick ruht nachdenklich auf mir. Dann
setzt sie sich neben mich. Ich blicke zum Fenster
hinaus. Draußen schaukelt Lena mit der Puppe im
Arm. »Wer ist Lenas Vater?«

»Bernhard Schober, er war doch in deiner Klasse.«

»Bernhard Schober? Der große, sportliche Bernhard, der so lange im See tauchen konnte?«

»Genau der«, Elisabeth nickt. »Er arbeitet für eine
Werbeagentur. Da gibt es ständig Probleme mit der
Zeiteinteilung, besonders während der regulären
Schulzeit. Ich habe ja Zeit, deshalb versuche ich
ihm mit Lena zu helfen. Wir haben das so geregelt,
dass Lena nach der Schule zu mir kommt. Er hat`s
nicht leicht, als alleinerziehender Vater.«

»Ich habe gar nicht gewusst, dass ihr euch so gut
kennt, Bernhard und du?« Elisabeth sieht mich
aufmerksam an, übergeht die Frage. »Und jetzt Anna zu dir. Was ist passiert?«

Unter Tränen erzähle ich Elisabeth die ganze Geschichte. Immer wieder überkommt mich heftiges
Schluchzen. »Lass alles zu, Anna, du darfst fühlen,
was du fühlst«, meint Elisabeth. »Nimm die Wut
an, die Verzweiflung, die ganze Palette der Gefühle, gib ihnen Raum, schluck nichts runter. Die Zeit
wird alles verändern, glaub mir.«

»Ich fühle furchtbare Wut in mir, dann wieder Verzweiflung. Ich kann Simon nicht mehr vertrauen. Ich weiß nicht wie es weitergehen soll?« Elisabeth legt tröstend den Arm um mich. »Du kennst das alles nicht! Du und Onkel Johannes, ihr seid euch immer treu gewesen.« Elisabeth schluckt, sieht mich lange an, sucht nach einer Antwort. »Jeder Mensch hat seine Geheimnisse. Auch bei uns da gab`s mal was.« Dann nimmt sie einen großen Schluck vom Champagner, danach noch einen. »Gieß nach, mein Kind«, sagt sie lächelnd und hält mir ihr Glas hin. »Ich kann nicht glauben, was du mir gerade erzählst, das hätte ich nie vermutet. Onkel Johannes war doch so ein fürsorglicher, stiller, liebenswerter …«

»Wer sagt denn, dass er es war?«, unterbricht sie mich. Über ihr lebendiges Gesicht huschen die Erinnerungen. »Du Elisabeth?« Sie greift zu einem Medaillon, das sie immer um den Hals trägt, klappt es auf. Auf der einen Seite erkennt man das Porträt von Onkel Johannes, auf der anderen Seite das Bild eines Fremden. »Ja, ich Anna. Dieser Mann hier war meine große Liebe. Irgendwann erzähle ich dir die ganze Geschichte.« Fast ungläubig betrachte ich Elisabeth. Sie nimmt ihr Glas und trinkt es mit einem Zug aus. Dabei lächelt sie und hält es mir sofort wieder zum Nachschenken hin. »Gib mir lieber noch einen Schluck Champagner und dann ab mit dir nach oben.«

In den nächsten Tagen versuche ich zur Ruhe zu kommen. Es gelingt kaum. Elisabeth hat mir mein altes Zimmer unterm Dach zurechtgemacht. Das Mobiliar mit wertvollen Intarsien, die sanft gebauschten Vorhänge, die Stille, alles vermittelt Geborgenheit. Eines Nachts, als ich vor Kopfschmerzen nicht schlafen kann, stehe ich am Fenster. Der Mond sieht aus wie ein silberner Ball, der über dem fernen Erdenrand dahin zu rollen scheint. Von hier aus kann ich auf den Garten und den See blicken. All die entsetzlichen Gedanken über meine gescheiterte Ehe liegen mir schwer auf der Brust. Ich kann einfach nicht erkennen, wo ich ansetzen muss, um all den Druck loszuwerden. Ich gehe hinunter in die Küche, koche mir einen starken Espresso mit Zitrone. Ich versuche leise zu sein, aber offenbar hat Elisabeth mich gehört. Sie kommt in die Küche, nimmt mich wortlos in den Arm, streichelt mir über den Kopf. »Ist es nicht unvereinbar mit Liebe, wenn jemand nicht voll und ganz zu einem steht Elisabeth?«

»Ich bezweifle Anna, dieses voll und ganz, ob es das jemals geben kann. Keiner schaut in eine Beziehung Anna, keiner. Wenn wir unser Leben rückblickend betrachtet beklagen, weil wir meinen falsch gelebt zu haben, wer sagt denn, was richtig gewesen wäre?« Beide schweigen wir. Ich beginne zu weinen. Wir sitzen am Tisch. Elisabeth setzt sich mir gegenüber. Mit leiser Stimme erzählt sie.

*»Ich kann nicht sagen, was da so plötzlich mit mir geschah. Es hatte sich in dieser Weise nicht angekündigt. Mir schien damals, als flögen wir fernab von allem durch einen Himmel, der nur uns gehört. Es war eine schwierige Zeit, die Männer waren im Krieg, er hatte Urlaub. Es waren die schönsten Tage meines Lebens. Er war verheiratet. Und ich war es ja auch. Mein Mann war im Krieg. Ich habe mich oft gefragt, wie das kam. Es war nicht nur das Begehren und die Leidenschaft. Es war auch das Verlangen nach Nähe und Schutz. Wir schwebten durch alles hindurch, als hätten wir Flügel. Mein Erstaunen über die Sprache meines Körpers, wenn wir zusammen waren, war unermesslich. So was kannte ich nicht. Nach dem Krieg haben wir uns viele Jahre lang immer wieder getroffen. Wir unternahmen kurze Reisen, bewohnten Hotelzimmer wie ein Zuhause. Wir erschufen uns weit weg von hier, unsere eigenen kleinen Welten. Er wollte immer beides. Frau und Kind und ein zärtliches anderes Leben.«*

»Und du Elisabeth, was wolltest du?«

»Ach Anna, das ist so lange her. Alles ist gut so wie es ist. *Wir blieben einander verbunden bis zu seinem Tod vor zehn Jahren. Ein bitteres Ende gab es nie. Wir haben irgendwann aufgehört uns zu treffen, aber immer, wenn wir uns sahen, spürten wir, dass uns die Zärtlichkeit füreinander nie verloren gegangen ist. Er hieß Sebastian, er war Bernhards Vater.*«

»Deshalb tust du so viel für ihn. Er könnte dein Sohn sein.«

»Ja, das könnte er, der Sohn, den Johannes und ich nie hatten.«

»Und Onkel Johannes, hat er nie was bemerkt?«

»Ich bin mir bis heute nicht sicher. Ich habe auch ihn geliebt, mit einer anderen Liebe Anna, als ich sie für Sebastian empfand. Johannes und ich sind zusammengeblieben und wir waren auch sehr froh, einander zu haben.«

»Weiß es Bernhard?«

»Nein, aber ich habe mich entschlossen, es ihm irgendwann zu sagen.« Nach einer Weile nachdenklichen Schweigens, steht Elisabeth auf, räumt die leere Tasse weg. »Du wirst sehen, es kommen auch wieder bessere Zeiten. Und der Sommer ist herrlich dieses Jahr. Jetzt ab ins Bett mir dir«, befiehlt sie und gibt mir einen Kuss.

Lena kommt täglich zu uns. Ihre Scheu mir gegenüber hat sie verloren. Sie ist ein so liebenswertes Kind, dass ich jedes Mal in meinem Herzen aufs Neue von ihr berührt werde. Lena gleicht ihr Stummsein auf ihre Art aus. Sie registriert begeistert jeden Vogel, jede Blume. Wenn wir zusammen am See liegen und den Schiffen zusehen, gibt sie Laute von sich, die an ein richtiges Lachen erinnern. Niemals geht sie mit ins Wasser, bleibt immer am Ufer und wirkt erleichtert, wenn ich aus dem See zurückkomme.

Eines Nachmittags kommt Bernhard vorbei, um seine Tochter abzuholen. Er gleicht noch immer dem sportlichen Jungen von damals. Hoch aufgeschossen, flachsblond wie seine Tochter. Die blauen Augen hat Lena von ihm. Die Jahre haben sein Lächeln nicht verändert, es ist noch genau so offen und gewinnend wie damals. Und doch haben sich zu beiden Seiten seines Mundes tiefe Furchen in sein Gesicht gegraben. Harte Falten zeigen sich auch auf der Stirn, über die das Haar fällt. »Kannst du dich noch an mich erinnern?«, fragt er und streckt mir seine Hand hin. »Aber natürlich erinnere ich mich.« Er sieht mich aufmerksam an. »Wie geht es dir Anna?« Ich zögere eine Weile … »Nicht so gut, mein Mann hat mich verlassen.« Schon in dem Moment, wo ich das sage, denke ich, wieso erzähle ich ihm das, das ist doch gar nicht meine Art. Bernhard schaut mich betroffen an, äußert sich nicht. »Ich versuche jetzt erst einmal bei Elisabeth zur Ruhe zu kommen«, fahre ich fort. Bernhard lächelt. »Unsere Elisabeth, wenn wir die nicht hätten. Ohne sie käme ich nicht zurecht.« Bernhard nimmt meine Hand, sieht mir in die Augen. Ich kann den Blick kaum aushalten. »Das tut verdammt weh, wenn man verlassen wird«, sagt er leise. »Man befürchtet, dass man da nie mehr raus kommt.« Ich blicke zu Boden, kann nur mit Mühe meine Tränen zurückhalten. Ich will jetzt nicht weinen und entziehe ihm meine Hand. »Das Gefühl eines unersetzlichen Verlustes vergeht nie Anna. Aber mit der Zeit wird aus der brennenden Trauer ein dumpfer Schmerz und dann fängt auch der an, zu vergehen.« Lena kommt angelaufen, liebevoll begrüßen sich Vater und Tochter. Lena zeigt mit großen Gesten, dass sie nicht heim will, aber Bernhard besteht darauf. Ich sehe ihnen lange nach, wie sie Hand in Hand nach Hause gehen. Nach Hause, was ist das? Tränen überwältigen mich.

Die nächsten Wochen vergehen langsam. Die Zeit schmerzt. Der einzige Lichtblick ist die kleine Lena. Sie ist überglücklich, wenn wir was unternehmen. Über Musik kann ich Lena gut erreichen. Sie sucht aus, was sie hören möchte, dann lauscht sie aufmerksam. Manchmal versucht sie mit zu summen. Wie seltsam das klingt. Es kommt auch vor, dass Lena wütend wird. Sie schlägt dann urplötzlich auf ihre Puppe oder einen anderen Gegenstand ein. Elisabeth und ich wissen, dass Lena Gefühle von Angst und Ohnmacht nur auf diese Weise ausdrücken kann. Wenn der Wutanfall vorbei ist, wird sie still und traurig. Mein bohrender Schmerz über Simons Verrat relativiert sich, wenn ich mich um Lena kümmere. Er hat nicht angerufen, als hätte es unsere lange Ehe nie gegeben, als hätte diese Partnerschaft nie stattgefunden. Es gibt jetzt sogar Stunden, wo ich mich dabei ertappe, nicht an meinen treulosen Ehemann zu denken. Einmal war ich mit Bernhard Essen. Es war ein schöner Abend. Wir sprachen viel über Lena, über ihr Verstummen und darüber, wie schlagartig sich sein Leben verändert hat und wie schwierig es geworden ist. Jetzt sehe ich Bernhard nur, wenn er Lena abholt oder was mit Elisabeth bespricht.

Eines Nachmittags sitzen Lena und ich unter einem großen Schatten spendenden Baum am See. Ich lese ihr aus einem Buch vor. Lena lauscht hingebungsvoll, mit großen Augen. Ich klappe das Buch zu. Ihr Vertrauen und ihre Nähe sind wohltuend. Ich habe sie sehr ins Herz geschlossen. Lena legt sich auf den Bauch, blickt hinüber zu einer großen Kastanie, die sich schon etwas zu färben beginnt. Sie zeigt auf den Baum. »Bald wird es Herbst werden Lena«, sage ich zu ihr. Du siehst ja, wie die Kastanienblätter schon braun werden.« Lena nickt eifrig, dann nimmt sie meine Hand und drückt sie an ihr Gesicht.

Während ich Lena liebevoll betrachte, steht plötzlich Simon vor uns. Ich springe auf. Lena schaut erschrocken zu uns auf. Simon und ich sehen einander an und keiner weiß so recht etwas zu sagen. In seinem Gesicht sehe ich die Erschöpfung der letzten Wochen. Lena, die zu spüren scheint, dass hier etwas Verwirrendes geschieht, steht auf und läuft weg. Ich will ihr nach, aber Simon hält mich fest. »Anna, ich habe verdammten Mist gebaut, ich weiß nicht, was mit mir los war. Ich habe einen großen Fehler gemacht.« Mir verschlägt es die Sprache. Ich stehe vor Simon und kann nicht glauben, was er da von sich gibt. »Anna«, sagt er, »Anna, kannst du mir noch einmal verzeihen? Wirklich Anna, du musst mir glauben, ich liebe nur dich«, höre ich Simons Stimme wie aus weiter Ferne. Mein Gott, habe ich richtig gehört? Er liebt nur mich … Genau das habe ich mir doch gewünscht in all den schmerzhaften Stunden. Dass er vor mir steht und bereut, was er getan hat. In den Stunden voller Tränen, Angst, Verzweiflung und Hoffnungslosigkeit habe ich mir gewünscht, dass er zu mir zurückkommen würde. »Was ist mit dem Kind?«, höre ich mich fragen. »Der Schwangerschaftstest war falsch, oder sie hat gelogen. Sie ist gar nicht schwanger.« Er sagt dies mit einschmeichelnder Stimme und will mich in die Arme ziehen. Ich hebe beide Hände in Abwehr, weiche zurück. Viele Gedanken stürzen auf mich ein. Vor mir steht Simon, mein Mann. Wir haben so viele Jahre miteinander verbracht … Simon ist zurückgekommen. Ob ich träume? Nein, Simon steht vor mir und schaut mich an. Ich spüre, wie er den Arm um mich legt, mich an sich zieht. Ich lasse es geschehen. Ich lege meinen Kopf an seine Schulter. »Anna, du bist doch meine Frau. Sein Mund nähert sich meinen Lippen, ich höre seine Worte … »Meine geliebte Anna …« In diesem Moment durchdringt ein furchtbarer Schrei die intime Vertrautheit. Instinktiv weiß ich, dass es Lena ist, die geschrien hat. Entsetzt schaue ich in die Richtung, aus der der Schrei gekommen ist. Ich entdecke Lena im See. Sie ist wahrscheinlich vom Bootssteg gefallen und kämpft verzweifelt, um nicht unterzugehen. Simon und ich rennen im gleichen Moment los. Er ist schneller und bekommt Lena zu fassen. Als er sie aus dem Wasser trägt, hustet Lena gewaltig. Als sie wieder genug Luft bekommt, stammelt sie: »Ich will nicht ertrinken, so wie Mama.« Dann fängt sie laut an zu weinen, immer heftiger und streckt die Arme nach mir aus. Erst in diesem Moment realisiere ich, dass sie gesprochen hat. Wir setzen uns auf die Wiese, ich wiege sie im Arm. »Ich will nicht sterben«, schluchzt Lena, »der See wollte mich hinunterziehen, so wie meine Mama.«

»Jetzt ist alles gut, Lena, alles ist gut.« Lena legt ihre Arme um mich, schmiegt ihr Gesicht an meine Brust. In diesem Moment fühle ich eine überwältigende Liebe für dieses Kind, als wäre es mein eigenes. Simon beobachtet uns sichtlich bewegt. »Bitte Simon, lass uns jetzt allein, wir reden später über alles«, sage ich zu ihm. »Versprochen, Anna?« Seine Stimme klingt unsicher. »Ja, versprochen, ich muss mich jetzt um Lena kümmern.« Er geht davon.

Als Bernhard an diesem Spätnachmittag seine Tochter in die Arme nimmt, ist er voller Dankbarkeit, dass Lena wieder sprechen kann. Am liebsten würde er sie nicht mehr loslassen. Er herzt und drückt sie immer wieder. Dennoch lässt er zu, dass Lena heute Nacht bei Elisabeth im Bett schlafen darf, weil sie sich das so sehr wünscht. »Mein Gott Anna«, sagt er später, als er und ich unten am See sitzen, »nicht auszudenken, wenn Lena etwas zugestoßen wäre. Ich danke dir so sehr, auch deinem Mann bin ich unendlich dankbar.« Er schweigt lange, dann beginnt er zu sprechen. Von seiner Ehe mit Lenas Mutter. »Sie war eine sensible Frau, sie liebte Lena sehr, aber sie kam mit dem Leben nicht zurecht und begann irgendwann heimlich zu trinken. Für die Umwelt ist sie die Schuldige, aber glaub mir, sie war nicht allein schuldig. Sucht hat immer Gründe. Ich habe ihr Vertrauen oft verletzt, ihr viel von meinem Leben vorenthalten. Wenn Menschen aufgeben, sieht man es in ihren Augen – wenn sich ein Schleier drübergelegt hat, der nicht mehr wegzuschieben ist. Die Augen von Lenas Mutter haben nicht mehr aufgeleuchtet, so, als wäre ein Schatten in sie hineingefallen. Und ich, ich wollte es nicht sehen. Lena muss irgendwann die Wahrheit erfahren, sie soll mit Liebe an ihre Mutter denken können.«

Bernhard ist fort. Alles ist still und friedlich. Die letzten Sonnenstrahlen zaubern ein sanftes Licht. Der See leuchtet in wunderbaren Farben. Das satte Rosa des Abends hat sich zu dunklem Violett gewandelt. Die Sterne beginnen zu funkeln, es wird langsam dunkel. Einige wenige Segelboote sind noch draußen. Lange sitze ich da, ganz in mir ruhend, als hätte sich der Sturm der letzten Monate gelegt, als hätte dieser heftige Schmerz des Verlassenwerdens einen neuen Weg freigeschaufelt. Wie eine sanfte Liebkosung streicht ein Lufthauch über meine Haut. Es riecht ganz stark nach Laub, so wie es nur in beginnenden Herbstnächten riecht. Viel zu lange habe ich mein Leben nach Simon ausgerichtet, mich selbst nicht richtig wahrgenommen. Wenn ich ganz ehrlich mit mir bin, dann hatte Simon keine echte Wertschätzung für all das, was ich für ihn tat. Und jetzt soll wieder alles beim Alten sein, als wäre nichts geschehen? Während ich an diesem späten Abend am Fenster stehe, sehe ich Simons Gesicht deutlich vor mir. Beinahe kann ich es berühren. Ich erinnere mich voller Wehmut an seine Umarmung. Aber so sehr der Verlust auch schmerzt, er hat mir was Wichtiges bewiesen. Ich bin imstande ein so schweres Leid zu überleben. Es ist an der Zeit, ein neues, ganz eigenes Leben zu beginnen. Plötzlich weiß ich, wie es für mich weitergeht. Ich werde mir hier am See eine kleine Wohnung mieten, eine Arbeit suchen. Ich rufe Simon im Hotel an.

Wie ein altes, vertrautes Paar laufen wir wenig später den Uferweg am See entlang. In dieser Nacht sprechen wir über vieles, was nie gesagt worden ist. Als ich ihm mitteile, dass ich mich für ein eigenes Leben entscheide, will er es zunächst nicht glauben. Doch er erkennt meine Entschlossenheit. »Ich werde um dich kämpfen, Anna«, sagt Simon, »so einfach gebe ich dich nicht auf.« Wir bleiben stehen. Liebevoll sehe ich ihn an, streichele ihm übers Gesicht. Da ist Traurigkeit in mir, Wehmut und immer noch viel Liebe für diesen Mann, aber auch neue Stärke, Zuversicht und Mut. Wir gehen zurück zu seinem Wagen. Als wir uns verabschieden, umarmen wir einander, halten uns lange fest, wie zwei Freunde. »Hat deine Entscheidung mit Lena und …«, er zögert kurz, »… ihrem Vater zu tun?« Ich schüttle den Kopf. »Lässt du mir ein wenig Hoffnung, Anna?«

»Wir werden sehen, was passiert, Simon.« Er steigt ins Auto, lässt das Fenster herunter. »Jemand, der nicht mehr hofft, ist schon besiegt«, sagt er, so, als ob es hier um Sieg und Niederlage ginge. »Gewinnen war schon immer wichtig für dich.«

»Was ist schlecht daran, Anna?« Wir sehen uns an. Wie wenig hat er verstanden. Ich streichle ihm noch einmal über die Wange, er startet den Wagen und fährt los. Ich winke, blicke ihm lange nach. Tief atme ich durch, spüre wie ein Lächeln über mein Gesicht zieht. Zum ersten Mal seit langer Zeit überflutet mich plötzlich eine tiefe Freude und ich fühle mit Bestimmtheit, dass ich bereit bin alleine zu leben.

# Afrikanische Sehnsuchtszeiten

*Maggie ist zu Besuch in Westafrika bei ihrer lang-jährigen Freundin Constanze, die im Städtchen Lalimete als Entwicklungshelferin arbeitet. Faszi-niert von all den neuen Eindrücken, verliebt sie sich sofort in Land und Leute. Kurz vor ihrer Heim-reise begegnet sie dem Arzt Patrick Stern, der für die Flying Doctors unterwegs ist. Aus einem pri-ckelnden Flirt wird Liebe. Drei Monate später zieht Maggie zu Patrick nach Afrika. Mithilfe der Non-nen vom Missionshospital Bethlehem findet Maggie Aufgaben, die sie begeistert anpackt, während Pa-trick aufgrund der kaum beherrschbaren medizini-schen Unterversorgung der Region, viel im Einsatz ist. Maggie und Patrick heiraten. Als Maggie ein Baby erwartet, ist das Glück groß. Patrick, der ohne Mutter aufgewachsen ist, wünscht sich sehn-lichst eine Familie. Als bei Maggie die Wehen zu früh einsetzen, ist er weit weg. Maggie wird von Constanze unter dramatischen Umständen ins Mis-sionshospital gebracht. Schließlich muss Dr. Mar-razzo, Patricks ehemalige Geliebte, als einzig an-wesende Ärztin, einen Kaiserschnitt vornehmen. Das Baby lebt nur wenige Stunden. Eine verzwei-felte Maggie fühlt sich von Patrick im Stich gelas-sen. Als er endlich da ist, schiebt sie ihn weg. In den folgenden Wochen findet das Paar keinen Weg mehr zueinander. Schließlich verlässt Maggie ihren Mann und kehrt nach München zurück. Wieder in Deutschland braucht Maggie viel Zeit sich im Leben zurechtzufinden. Monate vergehen voller Tränen, Verzweiflung, Trennungsschmerz. Irgendwann beginnt sich der eiserne Griff der Vergangenheit zu lockern. Plötzlich scheint es Maggie nicht mehr richtig fortgegangen zu sein.*

\*\*\*

Ich erwache früh, stehe auf, gehe zum Fenster und blicke hinaus in den afrikanischen Morgen. Bäume in dunstigen Höhen stehen wie verschleiert. Hinter den Aloubergen beginnt das Firmament, sich zu erhellen und die ersten Sonnenstrahlen nähern sich dem Tal. Die von Tau bedeckten Felder glänzen, als hätte jemand Silberperlen über sie geworfen. Plötzlich wird der eben noch mondbewachte Tag von der Sonne verwandelt. Üppig, voller Sattheit, umhüllt sie das weite Land. Vor meinem Fenster blühen Maisfelder eingesäumt von Palmen. Die Knollen der Jamswurzeln ragen dick und prall aus den Erdhügeln. Winzige Kolibris stecken ihre langen Schnäbel in große Blütenkelche. Ich recke und strecke mich. Ich muss daran denken, wie verzaubert ich war, als ich meinen ersten afrikanischen Morgen erlebte. Als die Dunkelheit noch den Tag verbarg, der plötzlich hervortrat, ohne Dämmerung, aus den dunklen Schatten der Nacht geboren. Ich bin zu Besuch bei meiner langjährigen Freundin Constanze. Sie arbeitet hier im Städtchen Lalimete als Entwicklungshelferin. Mein Aufenthalt neigt sich dem Ende zu. Wir werden heute zum Wochenende, in den Norden fahren, wo es ein schönes Hotel gibt. Das ist mein Abschiedsgeschenk für Constanze. Abbula, Constanzes Helfer in Haus und Garten, kocht über offenem Feuer in einem Kessel die Wäsche. »Guten Morgen, Madame«, ruft er freundlich und winkt. Froh erwidere ich den Gruß. Unter der Dusche genieße ich das kostbare Wasser, lasse mich ganz davon benetzen. Ich schüttle meine Haare, wickele mir ein Tuch um und trete hinaus auf die Terrasse. Constanze sitzt schon da, trinkt Kaffee und raucht.

Schon bald brechen wir auf. Es ist früher Nachmittag, als wir an unserem Ziel ankommen. Das Hotel mit seinen acht Bungalows liegt inmitten eines üppig blühenden tropischen Gartens und verfügt über einen Swimmingpool. Dort verbringen wir lesend und schwimmend den Rest des Tages. Außer einem afrikanischen Paar, sind wir die einzigen Gäste. Um mich herum blühen Magnolien, Jasmin, Flamboyantes und riesige wilde Mimosenbäume. Ich schließe die Augen, die Luft liebkost mich und die Weite des Himmels gleicht meiner Vorstellung von Unendlichkeit. Ein Glücksgefühl überflutet mich. Es ist wunderbar hier zu sein.

Nachdem ich mich fürs Abendessen umgezogen und zurecht gemacht habe, schlendere ich vor Einbruch der Dunkelheit durch den Garten, zu einem von Schwertlilien umsäumten Teich. Unter einem violett blühenden Jacarandabaum entdecke ich, fast versteckt, eine weiße Holzbank. Dort sitzt ein Mann. Ob ich ihn wohl störe …? In dem Moment dreht er den Kopf in meine Richtung, steht auf und fordert mich in Englisch auf, näher zu kommen. An seinem Akzent kann ich erkennen, dass er deutschsprachig ist. »Darf ich mich zu Ihnen setzen?«, frage ich. Er lächelt mich an. »Aha, eine Deutsche!« Er gibt mir die Hand und stellt sich vor. »Patrick Stern.«
»Und ich bin Maggie Neumaier.« Als Erstes fallen mir seine Augen auf, sie sind fast türkisfarben mit ziemlich hellen Wimpern. Sein Gesicht und seine Hände sind von Sommersprossen übersät. Er ist hoch gewachsen, besitzt einen kräftigen Körper.

Seine dunkelblonden Haare sind zerzaust aus. Ich setze mich zuerst, dann nimmt er Platz. »Ich bin immer wieder glücklich, dass es mitten in einer trockenen Region so was Wunderbares wie diesen Ort hier gibt«, sagt er. »Sind Sie oft hier?«

»Ab und zu, ja.« Er nickt. »Für Viele mag es wie eine Verschwendung aussehen, für mich bedeutet es jedes Mal aufzutanken, um all die schwierigen Umstände besser meistern zu können.« So kommen wir miteinander ins Gespräch und ich erfahre, dass er für die internationale Ärzteorganisation FSDH arbeitet, ähnlich wie die Flying Doctors in Kenia. Eine Weile schweigen wir, dann steht er auf, lächelt mich an. »Wir sehen uns beim Abendessen.« Ich schaue ihm nach, wie er dahinschlendert, die Hände in den Hosentaschen. Plötzlich dreht er sich um und winkt mir zu. Fast fühle ich mich ertappt.

Der Hoteldirektor hat für das Abendessen eine große Tafel decken lassen, der Tisch ist mit weißen Gardenien geschmückt, Petroleumlämpchen verbreiten mildes Licht. Überall im Garten brennen Fackeln. Die wenigen Hotelgäste nehmen Platz. Das afrikanische Paar, Patrick Stern, ein amerikanischer Kollege, der irische Pilot, Constanze und ich. Es ist ein heiterer, ausgelassener Abend, mit gutem Essen und schwerem Wein. Patrick und ich flirten miteinander, was mir unendlich gut tut, nachdem meine langjährige Beziehung in München vor einigen Monaten zerbrochen ist. Später spazieren Patrick und ich unter dem afrikanischen Sternenhimmel durch den lauschigen Garten.

Ich erzähle ihm, dass ich Lehrerin an einer Grundschule bin. Von ihm erfahre ich, dass er schon immer nach Afrika gewollt hat. »Nach dem Abitur hatte ich über Umwege von zwei alten Schweizer Nonnen gehört, die im Massai-Land eine Krankenstation führten und die jemand brauchten, der Auto fahren kann. Ich verbrachte acht Monate bei ihnen, bevor ich mit dem Medizinstudium begann.« Wir sprechen über seine Arbeit in Afrika. »In den entlegenen Gebieten dieses Landes stellen Operationen noch immer ein Problem dar«, sagt Patrick. »Die Krankenhäuser sind oft nicht dazu in der Lage, weil das Nötigste fehlt. Um den Patienten zu helfen, fliegt unser Team regelmäßig zu entlegenen Buschhospitälern. Wir versuchen das Notwendige für die Operationen mitzubringen und manchmal improvisieren wir auch.« Er schweigt eine ganze Weile, sieht wie abwesend in die Ferne. »Ich habe das Gefühl, etwas Sinnvolles zu tun. Afrika ist gewiss kein Paradies, aber, ich lebe gerne hier.« Wir plaudern über dieses und jenes und manchmal berühren sich wie zufällig unsere Hände. Es ist die Zeitspanne seines Händedrucks, die Verwirrung stiftet. Er sieht auf seine Armbanduhr. »Ich muss noch etwas Schlaf bekommen, wir fliegen schon um vier Uhr los.« Er begleitet mich zu meinem Bungalow, nimmt mich in den Arm und küsst mich beide Wangen. »Ich denke wir sehen uns sicher bald. Nach dieser Tour werde ich im Missionshospital in Lalimete zu tun haben. Ich wohne auch dort.« Während der Heimfahrt erfahre ich von Constanze, dass man sich erzählt, Patrick hätte ein Verhältnis mit seiner italienischen Kollegin Dr. Giuditta Marrazzo. »Eine heißblütige Italienerin und eine wunderschöne Frau, Maggie. So viele Gründe für einen Mann, verführt zu werden«, lacht sie.

In meiner letzten Woche denke ich viel an ihn. Als ich eines Morgens zum Markt schlendere, hält ein Motorrad neben mir. Es ist Patrick. Zur Begrüßung küssen wir uns auf die Wange. Und da ist es wieder, dieses prickelnde Gefühl. In der Brasserie am Markt beim Libanesen, trinken wir arabischen Kaffee mit Kardamom. Bald schon muss Patrick wieder fort, er hat eine Besprechung im Missionshospital Bethlehem. »Die Nonnen, die das Krankenhaus führen, verwöhnen mich ziemlich«, lacht er verschmitzt, als er losfährt. Er gibt mir Rätsel auf. Einerseits wirkt er reserviert. Andererseits flirtet er mit mir. Am gleichen Tag sollten sich unsere Wege noch einmal kreuzen. Als ich heimkomme, finde ich Constanze mit dick geschwollener Hand und heftigen Schmerzen. Sie hatte sich vor ein paar Tagen verletzt, die Wunde hat sich stark entzündet. Als die Schmerzen weiter zunehmen, bringe ich sie nachts ins Hospital und es ist Patrick, der sich um sie kümmert. Ich beobachte ihn, seine achtsamen Bewegungen faszinieren mich.

Mein letzter Tag bricht an. Constanze bringt mich am Nachmittag in die Hauptstadt, wo ich in einem Hotel übernachten werde, weil mein Flug schon sehr früh am nächsten Morgen angesetzt ist. Constanze muss zurück, sie hat eine wichtige dienstliche Besprechung. Gedankenverloren sitze ich am Abend allein im Garten des Hotels, weit weg von den anderen Gästen. Ich schließe die Augen, lausche dem Rauschen des Meeres und denke an Patrick. Sein ganzes Wesen berührt mich. Seine Stimme ist eine sinnliche Erfahrung. Ich öffne die Augen, nippe an meinem Weißwein und da steht er vor mir. Erstaunt und überrascht sehe ich ihn an. Er zieht mich zu sich hoch und meint »fast hätte ich es nicht mehr geschafft, dich zu verabschieden.« Während er dies sagt, umarmen wir uns und spüren einander. Ich kann die feinen Härchen auf seinem Gesicht fühlen. Die erste Liebesnacht mit Patrick ist süß und voller Wehmut. Wir sprechen nicht viel, geben uns ganz diesen Gefühlen hin. »Schade«, sagt er, bevor er geht, »ich hätte gerne meinen vierzigsten Geburtstag mit dir gefeiert.« Verzaubert, verliebt, überwältigt von Gefühlen, fliege ich nach München zurück. Etwas sehr Ernsthaftes ist mit uns passiert.

Wochen ziehen ins Land, der Schulalltag hat mich wieder. Afrika wirkt wie ein ferner Traum. Ab und zu erhalte ich kleine Briefe aus Afrika, die Patrick jemand mitgegeben hat. Eines Abends, an einem kalten Wintertag, komme ich heim und finde ein Telegramm von ihm. *»Eintreffe übernächste Woche in München, hoffe, Dich zu sehen. Patrick.* Mit klopfendem Herzen, lese ich den Text immer wieder.

Als er da ist, fällt alle Befangenheit von uns ab. Wir fühlen, dass wir zusammengehören. Wir fahren in die Berge, dorthin, wo er bei seinem verstorbenen Vater aufgewachsen ist, fahren Schlitten, trinken Glühwein, laufen Schlittschuh, bewerfen uns mit Schneebällen. Wir essen, trinken, reden, lieben uns, sind glücklich. Er erzählt von seiner Mutter, die er mit vier Jahren verloren hat. Von seinem Vater, der mit ihm völlig überfordert war und immer wieder junge Frauen eingestellt hatte, die auch das Bett des Vaters teilten. Er spricht von der turbulenten, jetzt beendeten Affäre mit seiner italienischen Kollegin und, dass er schon einmal kurz verheiratet war mit seiner Jugendliebe. Lass uns einen gemeinsamen Weg suchen, versprechen wir uns zum Abschied. Wieder verschwindet er aus meinem Leben und ich höre nicht allzu viel von ihm. Manchmal nagt Eifersucht an mir, ob er nicht doch noch mit der italienischen Kollegin zusammen ist.

Der März hat begonnen, die ersten Schneeglöckchen spitzen heraus. Ich erhalte ein Päckchen mit einer wunderbaren afrikanischen Figur aus Bronze – *Mutter mit Kind*. Ein Zettel liegt dabei. *»Vertrau mir Maggie, ich finde einen Weg für uns!«* An einem herrlichen Frühlingstag, als ich aus der Schule komme, sehe ich ihn im Hof stehen und auf mich warten. Ich kann es kaum glauben. Drei Monate später, mache ich mich auf den Weg zu ihm nach Afrika in unser gemeinsames Leben.

Aufgeregt und glücklich sitze ich im Flugzeug. Als sich nach der Landung die Türen öffnen, überflutet mich die afrikanische Luft, feucht, heiß nach Blüten duftend. Ich fühle sie als zärtliche Liebkosung meiner Haut. Am Flughafen werde ich von Constanze und Schwester Anna von der Mission erwartet. Ich bin enttäuscht. Patrick ist nicht da. »Ein Notfall, er konnte nicht.« Die beiden Frauen nehmen mich schwungvoll in ihre Mitte. »An diese Situation wirst du dich wohl gewöhnen müssen«, meint Constanze lachend.

Als wir in der Mission Bethlehem ankommen, steht dort ein richtiges Begrüßungskomitee für mich bereit. Kinder haben sich aufgestellt, jedes von ihnen hält einen Palmwedel in der Hand, an den Füßen kleine Glöckchen. Der rhythmische Doppelschlag der Fufustampferinnen rund um das Krankenhaus ist zu hören, begleitet vom Plappern und Lachen der Menschen in ihren bunten Gewändern. Ich rieche Holzkohlenfeuer. Musanga, die Lehrerin, gibt ein Zeichen, die Kinder beginnen zu singen, zu klatschen und zu tanzen. Die Oberin und die Schwestern empfangen mich: »Herzlich willkommen!« Sie haben Essen vorbereitet. Bald schon sehe ich am Horizont die Cessna von FDSH. Es dauert nicht lange und Patrick ist da. So sitzen wir alle zusammen beim Essen, erzählen, lachen und freuen uns. Patrick flüstert mir zu: »Zehn Tage haben wir für uns, zehn ganze Tage!« In meinem neuen Zuhause finde ich das Gartentor mit Palmgirlanden und Blüten geschmückt. Die afrikanischen Nachbarn singen und tanzen zu meiner Ankunft. Ich bekomme Früchte als Willkommensgeschenk. Hühner, Hunde und ein dickes Hängebauchschwein schwänzeln um uns herum.

Der Gesang der Vögel weckt mich. Zusammen mit den Zikaden begrüßen sie das Licht des neuen Tages. Patrick schläft wie ein Kind mit dem Gesicht in seiner Armbeuge. Ich küsse ihn sanft. Er öffnet kurz die Augen, dreht sich um und schläft erschöpft weiter. Ich wickle mir ein Tuch um, gehe über den lehmrot gekachelten Boden hinaus auf die Terrasse. Von hier aus kann ich den Turm der Kirche beim Hospital sehen und weiter hinten den Berg Alou. Die Bäume in dunstigen Höhen stehen wie verschleiert. Das flache Haus ist umgeben von einer weiß gekalkten Steinmauer. Der Weg vom Gartentor zum Haus ist mit Muscheln begrenzt. Überall blühen Blumen. Die Pflanzen wachsen fast zum Fenster herein. Im großen Salon gibt es tiefe Korbsessel um einen runden Tisch gruppiert und einen riesigen Esstisch für viele Gäste. Überall stehen Petroleumlampen, weil oft der Strom ausfällt. Salifu, Patricks Hausjunge, kehrt gemächlich die Wege ums Haus und singt dabei. »Guten Morgen, Madame«, ruft er heiter und winkt. Gutes Ankommen!«

Unser gemeinsames Leben beginnt wunderschön. Leidenschaftliche Stunden wechseln sich ab mit Ausfügen ans Meer, Strandspaziergängen, Besuchen bei Freunden von Patrick. Als eines Nachts heftiger Regen niedergeht, stellen wir uns nackt in den Garten und tanzen ausgelassen herum. Silhouetten der Sträucher malen Schattenspiele auf unsere Körper. Wir hören Mozart, sprechen über unsere Erwartungshaltungen, über Ängste zurückgewiesen zu werden, über Verletzbarkeit. Als die Flitterwochen vorbei sind und Patrick fort muss, kremple ich erst einmal den Haushalt ein wenig um.

Patrick ist oft vierzehn Tage lang unterwegs. Nicht selten passiert es, dass ich ihn vergeblich erwarte. Oft kommt der Fahrer vom Hospital mit einer Funknachricht, dass die Arbeit noch länger dauert. Ich hatte mir schon in Deutschland vorgenommen, etwas für die Schulbildung der Kinder zu tun. Das bespreche ich mit der Schwester Oberin vom Missionshospital, die mich in meinen Plänen unterstützt. Im Laufe der nächsten Monate finde ich mit ihrer Hilfe weitere Aufgaben. Es macht mir auch viel Freude, den Nonnen bei der Krankenpflege zu helfen. Manchmal begleite ich Constanze bei ihrer Arbeit.

Immer wieder begeistert es mich, den Markt zu besuchen. Er ist fest in der Hand der Frauen. Ihre Haare sind zu kunstvollen Zöpfchen geflochten. Einige von ihnen tragen riesige Hüte als Sonnenschutz, die selbst ihren Babys auf dem Rücken Schatten spenden. Sie stampfen Wurzeln, singen, lachen, kochen Soßen in irdenen Töpfen an offenen Feuern. Auf großen geflochtenen Körben bieten sie kunstvoll aufgeschichtete Ware an. Zwiebel, Tomaten, Erdnüsse, Pfefferschoten, Ignamknollen, Süßkartoffel. Auf den geräucherten Fischen sitzen riesige Fliegen. Am Rande des Marktes warten Geier auf die wenigen Abfälle. Man kennt mich, die Weiße, die Frau vom Docteur. »Herzlich willkommen«, rufen sie mir zu. »Wie geht es Papa, Mama, wie den Tanten, den Onkeln, den Leuten zu Hause?« Aus einem großen Bottich schöpft eine Frau Palmwein, hält mir die Schale zum Probieren hin. Kleine Ziegen, Hammeln und Schafe, mit Stricken festgebunden, fressen an Grasbüscheln, die über ihnen aufgehängt wurden. In drangvoller Enge sitzen die von der Hitze stark mitgenommenen Hühner in großen Körben. Nur weiße Hühner für Opferungszeremonien, dürfen mehr Platz beanspruchen. Kinder spielen mitten im Gedränge mit Spielzeugen, die sie sich aus weggeworfenen Blechdosen gebastelt haben.

Manchmal übernachte ich bei Constanze. Wir erinnern uns gern an unsere Kindheit, als wir im gleichen Haus wohnten und man uns stets für Schwestern hielt. Wir hatten die gleichen langen, braunen Haare mit dem Wirbel vorne, das gleiche Stubsnäschen, und beide werden wir dieses Jahr 32 Jahre alt. Wir sprechen auch viel über die Enttäuschungen, die Constanze während ihrer Arbeit häufig erlebt.

Ich begleite Schwester Anna, die eine richtige Freundin geworden ist mit dem Jeep zur Leprastation. Anna und ich sind im gleichen Jahr geboren. Dort finden wir zu Beginn der Sprechstunde vier neue Patienten, auch ein Säugling ist betroffen. Geduldig sitzen die Kranken da und warten auf Anna, die ihre offenen Wunden behandelt. Trotz Verletzungen und Entbehrungen lächeln sie. Und als wir gehen, beschenken sie uns mit dem, was sie haben: eine Handvoll Erdnüsse, zwei Bananen, eine Papaya. Die Rückfahrt führt uns zunächst einen schmalen Buschpfad entlang. Vor uns, hoch oben in den Felsen entspringt ein Wasserfall. Ein milchiger

Schleier liegt über den herunterhängenden Lianen. Alles ist üppig grün. Wir halten an, steigen aus und setzen uns auf einen Felsbrocken. Wir hängen unseren Gedanken nach. »Ich bewundere die beneidenswerte Gelassenheit der Afrikaner, Schicksalsschläge hinzunehmen«, sagt Anna. »Das eben, hat mich wieder gewaltig erschüttert. Trotz schwerster Krankheit, scheinen sie die Begabung zu haben, mit jedem neuen Tag Kummer und Sorgen abzuschütteln.«

Wieder zurück auf der Missionsstation, entlädt sich ein Gewitter. Danach dampft und duftet die Erde. Ich laufe in der Dunkelheit nach Hause. Die Nacht ist warm und schön. So schnell wie der Morgen kommt, so früh bricht genauso unvermittelt die Dunkelheit ein. Im schwachen Schein von Petroleumlämpchen sitzen Schüler vor den Hütten und lernen. Auf den Wegen flanieren die Menschen. Als ich daheim ankomme sitzt Salifu in seinem Nachtwächtersessel am Haus, neben sich eine brennende Fackel. Er sieht mich, springt er auf, öffnet das Tor und strahlt übers ganze Gesicht. Er hat mir Bougainvilleen mitgebracht. Violett, weiß, lachsfarben, liegen sie auf der Terrasse. Es ist schön für mich, Salifu hier zu wissen, es gibt mir ein Gefühl von sicherer Geborgenheit.

Wir heiraten in der kleinen Kirche der Mission. ...
*Versprichst du ihn zu lieben, zu ehren und zu be-*
*schützen, bis dass der Tod euch scheidet?* Ich liebe
ihn und er liebt mich. Das ist so klar, so gewiss und
hell wie die Sonne am Himmel. Fast muss ich weinen. Ich habe mir ein cremefarbenes Seidenkleid
nähen lassen, trage Patrick Geschenk – goldene
Ohrringe. Constanze und Anna haben mir einen
Brautstrauß aus orangefarbenen und weißen Blüten
gebunden. Es ist eine fröhliche Hochzeitsfeier unter
freiem Himmel. Kinder singen und tanzen für uns.
Unsere Gäste haben sich festlich gekleidet. Die
Afrikaner tragen bunte Gewänder, die Frauen herrlichen Kopfputz dazu. Eine afrikanische Kapelle
spielt heiße Rhythmen.

Ich fühle mich glücklich mit Patrick und meinen
Aufgaben. Ich fühle mich als Teil dieses Lebens in
Lalimete. Patricks Einsätze sind nicht immer einfach. Manches Mal, wenn er zurückkommt, braucht
er erst einmal viel Schlaf. Als wir erfahren dass ich
ein Baby erwarte ist unser Glück groß.« Ich werde
ein guter Vater sein, sagt er glücklich, ein richtiger
Vater.«

Die Schwangerschaft verläuft ohne Probleme. Wir
sprechen oft über die Geburt. Schließlich bekomme

ich mein erstes Kind und bin aufgeregt. Meine Bedenken, dass ich vielleicht doch in München gebären soll belächelt Patrick. »Du bist im Hospital bestens aufgehoben,« beruhigt er mich. »Hier werden so viele Kinder geboren und die Hebammen sind unglaublich erfahren. Eine Geburt Anna ist was Normales. «

Ich hätte mir Patrick öfter in meiner Nähe gewünscht, doch seine Aufgaben überall im Land, verlangen immer mehr Einsatz von ihm. Die Organisation ist chronisch unterbesetzt. Ich nehme Patrick das Versprechen ab, bei der Geburt dabei zu sein. Einmal, als ich ihn im Hospital überraschen will, sehe ich ihn mit Dr. Marrazzo, die den Arm vertraut um ihn legt, so, als wären sie noch immer ein Liebespaar. Schnell gehe ich weg. Sie haben mich nicht gesehen.

Vier Wochen vor dem errechneten Geburtstermin setzen die Wehen ein, als ich gerade bei Constanze bin. Patrick wird heute noch zurück erwartet, welch ein Glück. Constanze bringt mich ins Hospital. Dr. Marrazzo ist die einzig anwesende Ärztin. Eine furchtbare Tortur beginnt. Das Kind hat Steißlage. Ich habe das Gefühl, mein Körper zerreißt. Das Baby will und will nicht kommen, lässt sich auch nicht drehen. Schließlich leitet Dr. Marrazzo den Kaiserschnitt ein, Anna assistiert ihr. Ich höre noch wie Giuditta Marrazzo sagt: » … und das passiert ausgerechnet mir. Dieser verdammte Mistkerl, er hat sich immer gerne gedrückt, so wie alle Männer.«

»Versündigen Sie sich nicht!«, höre ich Anna sagen.« Und dann wird alles still um mich herum.

Irgendwann beginne ich unter halb geschlossenen Lidern wahrzunehmen, wo ich bin. Ich fühle mich entsetzlich. Was ist passiert? Wo ist mein Kind, wo ist Patrick? Ich bemerke eine Hand, die mich beruhigend streichelt, versuche die Augen weiter zu öffnen. Meine Lippen fühlen sich geschwollen an. Anna sitzt am Bettenrand, hält meine Hand und ich muss von ihr erfahren, dass es ein Mädchen war, dass es nur ein paar Stunden gelebt hat. »Die Lage deines Babys hat eine Geburt auf natürlichem Weg unmöglich gemacht. Der Kaiserschnitt war notwendig, als es nicht weiterging, Maggie.« Sie streichelt jetzt mein Gesicht. »Glaub mir, wir haben alles Menschenmögliche getan um Dein Kind zu retten, es konnte einfach nicht richtig atmen.« Ich schaue in Annas Gesicht und habe das Gefühl, dass sie zu jemand anderem spricht. »Ich kann nur ahnen, wie schwer das alles für dich ist«, höre ich ihre

Stimme wie aus weiter Ferne. »Patrick wird bald da sein. Wir konnten über Funk mit ihm sprechen. Für ihn ist das auch sehr schwer, schließlich erlebt er es zum zweiten Mal.« Danach versinke ich erneut im Dunkel.

Als Patrick endlich da ist, schiebe ich ihn weg. Er hat mich verraten, im Stich gelassen.

Mit all seinem sorglosen Getue, dass eine Geburt was Natürliches ist, hat er mich beruhigt. Verschwiegen hat er mir, dass seine erste Ehefrau von ihm schwanger war und, dass auch sie ihr Baby nach einem Kaiserschnitt verloren hat. Gerade er hätte nicht so fahrlässig handeln dürfen. Er will meine Hand nehmen, will was sagen, ich ziehe meine Hand weg. Als ich ihn ansehe, senkt er den Blick. Noch immer benommen nehme ich wahr, dass er zu weinen beginnt und geht. Soll er doch gehen und sich schuldig fühlen. Vielleicht wäre unser Kind in einer deutschen Klinik zu retten gewesen. Es ist Anna, die mich darüber aufklärt, dass die Säuglingssterblichkeit nach einem Kaiserschnitt fast dreimal so hoch ist, wie nach einer normalen Geburt. »Nicht nur in Afrika, Maggie, auch in Europa mit all seinen medizinischen Möglichkeiten. Für ein Baby ist ein Kaiserschnitt nicht unbedingt die schonendere Methode zur Welt zu kommcn. Da das Fruchtwasser, nicht wie bei der normalen Geburt, durch den starken Druck auf dem Weg durch den engen Geburtskanal aus der Lunge gepresst wird, leiden die Neugeborenen öfter an Atemproblemen. Die Lungen eines Babys im achten Monat sind nun mal noch nicht ausgereift sind.«

Die folgenden Wochen sind unendlich schwierig für uns. Patricks Erklärungsversuche, dass er das Problem, damals mit seiner ersten Frau, verdrängt hat, lasse ich nicht gelten. Er als Arzt hätte es besser wissen müssen. »Ich wollte es dir ja immer erzählen, Maggie. Als ich beschloss es dir zu sagen, da warst du schwanger und ich wollte dich nicht verunsichern. Du hast dich so gut gefühlt in der Schwangerschaft, so glücklich.« Worte, nichts als Worte. Ich spüre, wie er leidet, aber wir können einander nicht erreichen und auch nicht wirklich miteinander reden. Jeder lebt in seiner eigenen abgeschlossenen Welt. Ich bin unendlich traurig. In der Abenddämmerung stehe ich auf der Terrasse, blicke hinaus auf die Berge, die blauviolett von der untergehenden Sonne angestrahlt sind. Kapokbäume und Palmen ragen wie schwarze Scherenschnitte gegen den Horizont. Fledermäuse schwirren umher. Von Weitem höre ich Kinderstimmen. Eimer klappern am Brunnen. Dumpf dröhnt es vom Stampfen der Yamswurzeln. Trommeln rufen zum Tamtam. Mir klar, dass es um die Zukunft unserer Ehe nicht gut bestellt ist. Etwas, das einmal kostbar gewesen war, ist jetzt so beschädigt, dass ich mir kaum noch vorstellen kann, wie wir noch einmal zueinanderfinden könnten. Zwischen uns steht eine unsichtbare Mauer aus Schuld und mangelndem Vertrauen, hinter der wir einsam und gefangen sind. Sein Aufwachen geschieht in einer anderen Welt und meine Morgen betritt er nicht mehr. Jeden Tag wird die Barriere höher. Und doch: Es gibt auch Stunden, wo ich zu ihm laufen, mich von ihm trösten lassen will, als ob der Schmerz, den ich empfinde mir von einem Feind zugefügt worden wäre. Manchmal, wenn er ganz früh fort muss, lege ich mich dorthin, wo er gelegen hat und hülle mich ein in seine Wärme. Und doch kann ihm nicht verzeihen. Schließlich trenne ich mich von ihm, ziehe zu Constanze und entscheide mich nach München zurückzugehen.

Ein letztes Mal, bevor ich nach Deutschland zurückkehre, spaziere ich mit der Oberin durch den Klostergarten. Mein kleines Mädchen hat an diesem schönen Ort seine letzte Ruhe gefunden. Es war oft eine Art Trost für mich, hier mit Lilly

Zwiesprache zu halten. »Maggie, es steht mir nicht zu, Sie vom Fortgehen ab zuhalten«, sagt die Oberin. »Ich kenne die Geschichte Ihres Mannes, er hatte nie eine richtige Familie und als das Drama damals passierte, hat er es verdrängt. Wie oft handeln wir aus vermeintlichen Verletzungen heraus, wir nehmen sie als Maßstab, lassen unser Leben davon prägen und bestrafen uns dadurch selber am meisten.« Schweigend schlendern wir durch den üppig blühenden Garten, so, als hätte mein Schmerz keine Bedeutung. »Glauben Sie, dass Sie Ruhe finden können unter diesen Umständen«? höre ich die Stimme der Nonne. »Patrick fühlt sich schuldig.« Wir bleiben stehen, ich ergreife ihre Hände. »Ich kann nicht bleiben, ich kann nicht.« Sie nickt, beide haben wir Tränen in den Augen. »Gott kennt viele Wege Maggie«, antwortet sie, »und wir wissen nicht, was er mit uns vorhat, aber seine Wege sind immer gut.« Als wir einander zum Abschied umarmen, sagt sie: »Ich bin sicher, Sie beide werden einen Weg finden. Wir beten für Sie und Patrick. Wir alle werden Sie vermissen.«

Und dann der letzte Morgen. Alles in mir schreit, bleib hier! Salifu hat sich die Abzeichen, die ich ihm aus Bayern mitgebracht hatte, an seine Jacke genäht. Stolz und traurig, steht er da zur Verabschiedung. »*Mia dugu – Natrowa kaba kaba lo – Gib mir den Weg und komm schnell zurück*«, ruft er mir zu. Ein heftiger Wind kommt auf. Es fängt an zu regnen. Ein afrikanisches Sprichwort sagt: »Geh nicht fort, wenn es regnet.« Als ich in Patricks Gesicht blicke, habe ich das Gefühl, seine inneren Wunden zu sehen. Ich betrachte den kleinen Jungen, der ohne Mutter aufgewachsen ist. Einsam steht er da, so entfernt. »Ich habe nicht gewollt, dass es so weit kommt«, höre ich ihn sagen, bevor ich durch die Passkontrolle gehe. Es liegt etwas Verzweifeltes in seinem Gesicht. Seine Lippen presst er fest zusammen, wie jemand, der gegen Schmerzen ankämpft. Er dreht sich um, sieht unendlich einsam aus. Ich sehe ihm nach. Er zögert kurz, als ob er die Richtung ändern wollte, dann aber geht er weiter.

Dies ist wohl der dunkelste Tag meines Lebens. Jetzt haben die als Liebende gesprochenen Worte keine Bedeutung mehr.

Tränenblind blicke ich hinunter auf das Land und fühle nur noch Schmerz und Trauer. Mir ist, als flöge alles in diesem Flugzeug davon was ich je hatte lieben können. Noch einmal durchlebe ich, was wir miteinander geteilt hatten, das Lachen, die Wärme, das Staunen, glücklich und hoffnungsvoll.

Wieder zuhause komme ich nicht zurecht mit mir. Freunde, Familie, alle sind für mich da, aber ich bin weit weg. Eine Welt voller Fremdheit tut sich auf. Dunkle Wege sind zu durchlaufen. In Qualen gefangen sitze ich oft da, lebe in meiner eigenen Steinzeit, elend und schwach. Hätte mein Kind in Deutschland eine Chance gehabt zu leben? Diese Frage beschäftigt mich ständig. Ab und zu höre ich von Patrick. Eine Freundin sagt, ich kenne dich nicht wieder, Maggie, du bist so stur geworden, so starr, so unversöhnlich. Einmal beobachte ich ein Liebespaar. Eng umschlungen sitzen sie auf einer Bank. Wer sind sie, diese Wesen aus einer fremden Welt? Constanze schreibt. *Patrick kommt oft zu mir, will wissen wie es dir geht. Ihm geht es schlecht. Du bist seine Frau, er liebt dich, er sorgt sich.*

Ich betreue Kinder bei ihren Hausaufgaben, gebe Nachhilfe, einzige Lichtblicke in schweren Zeiten. So vergehen Monate voller Trauer. Und doch mit der Zeit mildert sich alles und langsam kann ich nicht mehr verstehen, warum ich so abrupt gehandelt habe. Zumal ich jetzt auch weiß, dass Lilly auch hier nach einem Kaiserschnitt hätte leicht sterben können. Mehr und mehr macht mir mein Verhalten zu schaffen.

Der Frühling hat begonnen. Ich sitze im Park auf einer Bank. Ein kleines Kätzchen kommt, setzt sich vor mich hin und sieht zu mir auf. In diesen schönen Katzenaugen liegt so viel Freude. Ich spüre, wie es mir von Tag zu Tag besser geht. Samstagnachmittag sitze ich in einem Café. Ein kleiner Junge am Nebentisch betrachtet mich aufmerksam. Er deutet auf meine langen Ohrringe. »Du hast ja Ritterschwerter am Ohr. Kämpfst du?« fragt er. Sein Vater bittet ihn still zu sein. Der Junge betrachtet mich noch immer. »Sag, darf ich die Ohrringe mal anfassen, ich habe auch ein Ritterschwert.«

»Diese Ohrringe sind aus Afrika«, antworte ich ihm. »Papa«, sagt er, »ist das dort, wo die Kinder immer so viel arbeiten müssen und trotzdem lachen?« Ich muss meine Tränen zurückhalten. Ich kämpfe und kämpfe. Nein, so will ich nicht mehr weitermachen. Irgendwann spüre ich, dass der eiserne Griff der Vergangenheit sich gelockert hat, er zerbricht wie das Bild in einem Kaleidoskop, wenn man es schüttelt. Ich werde wieder berührbar. Es erscheint mir nicht mehr richtig, fortgegangen zu sein. Wie ein Film läuft vor mir ab, wie meine Mutter nach einer Fehlgeburt ähnlich reagiert hatte. Sie ließ meinen Vater nicht mehr an sich heran. Er ging fort, als ich acht war. Noch immer höre ich die

Türe zuschlagen. In dieser Nacht ist kein Zorn mehr in mir, kein schmerzendes Verlustgefühl. Tage vergehen. In den Stunden zwischen Wachen und Träumen steigt die Wahrheit in mir auf. Schwester Anna schreibt: »*Hier in Bethlehem hat sich manches zum Wohle aller verbessert. Wir haben jetzt zentralen Strom, neue Röntgenröhren und ein EKG-Gerät. Die Apotheke ist endlich ausreichend bestückt. Das Hospital ist voll funktionsfähig. Viel haben wir Deinem Patrick zu verdanken.*« Als ich dies lese steigt Zärtlichkeit für Patrick in mir auf, erfüllt mich mit Wärme und neuer Zuversicht.

Mit dem Sommer kommt Heilung. Patrick ist nicht schuld. Die Schwester Oberin hatte recht, ich habe aus einer kindlichen Verletzung heraus gehandelt. Plötzlich ist wieder Sehnsucht da nach ihm, nach Lalimete, nach der Üppigkeit der Tropen, nach meinem anderen Leben. Irgendwann sitze ich daheim, höre mit geschlossenen Augen afrikanische Musik, sehe das Leben dort vor mir. Die Fülle veränderlicher Farben, die das Leben verstärken. Das dunstige Blassblau am Morgen, wenn die Feuchtigkeit der Nacht durch die Sonne ausgelöscht wird. Das Grün der Pflanzen, wenn es über die rote Erde triumphiert. Das Gold der Sonnenstrahlen, das schattige Purpur am Abend. Ich denke an die dunkelhäutigen Frauen, wie sie majestätisch am Straßenrand dahin schreiten. Einige von ihnen tragen Schleier, die bis zur Taille reichen oder kunstvoll verknüpfte Kopftücher. Der Saum der bunten Pagnes um ihre Hüften berührt manchmal das Gras. Auf dem Kopf balancieren sie Lasten. Die meisten von ihnen sind barfuß. Sie füllen schwere Wasserkrüge und tragen dabei ihre Babys in Wickeltüchern auf dem Rücken. Ich stelle mir Patrick vor, Lalimete und seine Menschen. Ich sehe auf die Uhr, folge einem Impuls, springe auf, nehme meine Handtasche, meinen Haustürschlüssel und laufe so schnell ich kann in das nächste Reisebüro.

Mit dem Ticket nach Afrika in der Tasche setze ich mich in mein italienisches Lieblingslokal, bestelle mir Prosecco mit Aperol. An einem großen Tisch sitzen zwei alte Menschen, eine Frau und ein Mann. Ein großer Blumenstrauß steht auf dem Tisch. Darunter liegen verpackte Geschenke, daneben leere Gläser und Teller. Die Gäste sind wohl schon gegangen, offenbar wurde gefeiert. Die Frau hat eine besondere Ausstrahlung. Ihre eisgrauen Haare sind kurz geschnitten, ihre Lippen korallenrot geschminkt, die Augen Kajal umrandet. An ihrem Kleid trägt sie eine üppige Silberbrosche in Muschelform. Der Mann sieht sie an. Sie hebt ihr

Glas, er seines, sie lächeln sich voller Freude an. Beide trinken einen Schluck, dann beginnt sie zu singen … *Marmor, Stein und Eisen bricht, aber unsere Liebe nicht, alles, alles geht vorbei, doch wir sind uns treu ...* Er stimmt ein und dann fangen sie beide laut an zu lachen und können gar nicht mehr aufhören. Die wenigen Gäste stimmen in dieses Lachen ein und auch ich muss mitlachen. Antonio der Kellner, der dabei ist den Tisch abzuräumen sieht zu mir her, nickt wohlwollend mit dem Kopf. Mit diesem Lachen wird alles in mir frei und leicht. Zum ersten Mal seit langer Zeit bin ich wieder froh. Ich straffe die Schultern, hebe den Kopf. Mir ist, als wäre ich durch einen Spiegel hindurch in eine andere Zeit geschritten, an einen anderen Ort, wo ich wieder weiß, was wichtig ist. Und wie so oft im Leben schließt sich ein Kreis, ein anderer öffnet sich, etwas Neues beginnt. Als ich nach Hause komme, finde ich ein Telegramm von Patrick.

*Du bist fortgegangen ... stopp ... habe lange auf Rückkehr gehofft ... stopp ... will nicht länger warten ... stopp ... komme zu dir ... stopp ... Liebe braucht viele Worte ... lass uns neuen Weg suchen ... stopp ... Mia dugu – Natrowa kaba kaba lo*

# Ein zärtlicher Egoist

*An einem verschneiten Sonntagmorgen fährt die vierzigjährige, geschiedene Charlotte an den Starnberger See, um dort ihre demenzkranke Tante zu besuchen. Bei der freien, selbstbewussten Greta, die eine erfolgreiche Porzellanmalerin war, verlebte Charlotte eine glückliche Kindheit, nachdem sie früh ihre Eltern verloren hat. Greta lebt jetzt in einem Stift, welches Charlotte sorgfältig für sie ausgesucht hat, nachdem die stets unabhängige Künstlerin, nicht mehr allein leben konnte.*

*Als Charlotte den Heimweg antreten will, springt ihr Wagen nicht an. Der attraktive, aber unzugänglich wirkende Matthias Steiner, dessen Frau, auch in diesem Stift untergebracht ist, nimmt sie mit zurück nach München.*

*Wochen später – inzwischen ist Frühling geworden- begegnet sie ihm wieder, als sie mit Tante Greta im Rollstuhl zum See spaziert. Steiner lädt Charlotte ein, mit ihm auszugehen. Charlotte legt sich nicht fest, nimmt aber seine Karte an. Wieder vergehen Wochen, bis sich Charlotte entschließt, die Einladung anzunehmen. Doch Steiner versetzt sie, ohne abzusagen. Erst viel später erfährt Charlotte, dass an diesem Abend seine Frau gestorben ist.*

*Im Frühsommer erhält sie einen Brief von ihm, in welchem er alles erklärt und sie erneut um ein Treffen bittet.*

***

Vom Fenster aus, sehe ich hinunter in den Garten. Seit Stunden schneit es. Wie sorgfältig ausgearbeitete Scherenschnitte ragen die schneebedeckten Äste zum Himmel. Auf meinem Balkon sitzt eine Amsel und pickt Sonnenblumenkerne, zwei Meisen gesellen sich dazu, werden aber von der Amsel vertrieben. Ich sollte bei diesem Wetter nicht hinausfahren aufs Land, um Tante Greta im Heim zu besuchen. Jeder würde sagen, die bekommt ja nicht mehr alles mit. Obwohl Greta in ihrer eigenen Welt lebt, scheint sie es doch zu spüren, wenn jemand von ihren Lieben bei ihr ist.

Warm eingepackt hole ich den Wagen aus der Garage und verlasse die Stadt, deren Straßen am frühen Sonntagmorgen wie leer gefegt sind. Im Radio läuft klassische Musik. Wer heute nicht raus muss, bleibt daheim. Die Schnellstraße ist frei. Nach etwa einer halben Stunde verlasse ich die Autobahn Richtung Starnberger See. Bald schon erreiche ich das Stift, in dem Tante Greta seit nunmehr vier Jahren gut untergebracht ist. Ein schönes Haus, auf einer Anhöhe gelegen, inmitten eines weitläufigen Gartens mit Blick zum See.

Noch immer ist die große Tanne beim Eingang mit Lichterketten behängt, obwohl es schon Februar ist. Ich laufe hinauf in den dritten Stock. Auf der kleinen Station herrscht geschäftiges Treiben. »Guten Morgen, Frau Charlotte«, ruft Ivana, die Stationsschwester freundlich. Wir umarmen einander. Sie ist eine der guten Geister, die sich liebevoll um die ihr anvertrauten Menschen kümmert. Ihr wird nichts zu viel. Ivana kommt aus Bosnien, wo man noch eine respektvolle Haltung Alten und Kranken gegenüber hat. Sie lebt alleine und wenn man mit ihr über Männer spricht, schüttelt sie nur beredt den Kopf: »… Frau Charlotte, die lügen alle«, sagt sie jedes Mal. »Ich will keinen mehr! Bleibe ich lieber alleine …«

Greta sitzt hoch aufgerichtet im Bett, Schwester Margarete, eine Ordensfrau füttert sie. »Ach wie schön, die Charlotte kommt. Frau Terzano, schauen sie mal, wer da ist!« Tante Greta wirft einen kurzen Blick auf mich und wendet sich wieder ab, als wäre ich gar nicht anwesend. »Ja Frau Terzano, freuen sie sich denn gar nicht, dass ihre Charlotte da ist?«

»Doch«, stammelt Greta und sieht kurz zu mir her. Schwester Margarete stellt den Teller zur Seite und steht auf. »Die Tante hat heute lange geschlafen«, sagt sie. »Wir haben beschlossen, sie ab sofort so lange schlafen zu lassen, wie sie will, das tut ihr gut.« Schwester Margarete beugt sich hinunter zu Tante Greta. »Frau Terzano, sie sind jetzt eine Langschläferin«, sagt sie und wischt ihr den Mund mit einem Tuch ab. »Schläferin …«, stammelt Tante Greta und lächelt vor sich hin. Schwester Margarete verlässt das Zimmer. Ich habe ihr eine blühende Azalee mitgebracht und stelle sie auf den kleinen Tisch am Fenster. »Schau Tante Greta, ich habe dir deine Lieblingsblume mitgebracht. Weißt du wie sie heißt?« Sie nickt. »Tulpen.«

»Nein, Azalee.«

»Azalee«, stammelt sie. Ich umarme Greta, gebe ihr einen Kuss und setze mich zu ihr aufs Bett. Ich nehme ihre Hände. Sie blickt mir aufmerksam ins Gesicht, hält meinen Blick fest. Ich streichle ihre Wangen. »Greta, heute können wir leider nicht vor die Tür, es schneit.« Immer, wenn das Wetter es zulässt, nehme ich sie im Rollstuhl mit hinunter an den See. Sie genießt es, draußen zu sein. Meist begleitet uns dabei die alte Rosa aus dem Nachbarzimmer, die für ihre 85 Jahre noch recht rüstig ist. Ich habe Lachshäppchen mitgebracht, das mögen beide sehr. Später sitzen Rosa, Greta und ich zusammen und plaudern miteinander. Manchmal sagt auch Greta einen Satz. Wir hören ihr aufmerksam zu, beziehen sie mit ein. Der Schneefall wird immer heftiger, es ist wohl besser, etwas früher nach München zurückzufahren. Als ich gehe, schläft Tante Greta. Ich gebe ihr einen zarten Kuss. Sie liegt da, mit entspanntem Gesicht, fast wie ein Baby. Alte Menschen haben eine Vergangenheit, Babys sind unbeschwert!

Ich bin bei Greta aufgewachsen, da meine Eltern früh verstorben sind. Sie war eine sehr gute Porzellanmalerin und Grafikerin. Mit ihren filigranen Zeichnungen und Buchillustrationen erreichte sie ein großes Publikum. Ein Stil der sich damals bestens vermarkten ließ. Es gab sogar Porzellanmanufakturen, die von ihr entworfene Vasen herstellten. Und einmal kreierte sie sogar ein Bühnenbild. Geheiratet hat sie nie, obwohl sie eine äußerst attraktive und begehrte Frau war. Von ihrem italienischen Vater hat sie das Temperament und den freien Geist geerbt. Ihr Lebensmittelpunkt war immer in Schwabing. Greta hat mir eine schöne Kindheit bereitet, mir viele Freiheiten gelassen. »Kind«, sagte sie immer, »geh deinen eigenen Weg, mach dich nie abhängig, schon gar nicht von einem Mann.« Greta liebt Italien, jahrelang hat sie dort die Sommer verbracht. Die Demenz begann schleichend, in winzigen Schritten. Eines Tages stürzte sie schwer. Von da an zog sie sich immer mehr in sich zurück. Lange suchte ich für sie nach einem schönen Platz und fand dieses Stift am Starnberger See, ein ehemaliges Kloster. Hier wird Greta liebevoll betreut. Ich bin froh, dass sie so gut versorgt wird. Hier gibt es sie noch, die dienenden Helferinnen. Die wenigen Nonnen, die mitarbeiten, sind selber Greisinnen, bis auf Schwester Margarete, die so ungefähr in meinem Alter sein dürfte. Kurz vor dem Ausgang treffe ich die Schwester Oberin. Ihre untersetzte, konturlose Gestalt, scheint nie dem weiblich prüfenden Blick im Spiegel ausgesetzt gewesen zu sein. Brust und Taille gehen ineinander über. Die Füße stecken in derben Ledersandalen und dicken Socken. Sie wirken breit und verformt. Sie sorgt resolut dafür, dass Menschen, die in ihrer Obhut hier leben, in ihren gewohnten Räumen bleiben dürfen, selbst wenn ihre Ersparnisse aufgebracht sind und Sozialhilfe droht. Keiner muss in diesem Haus ohne Begleitung sterben.

Langsam fahre ich Richtung See. Dort stelle ich das Auto ab. Ich möchte trotz des Schneetreibens ein wenig spazieren gehen. Doch bald gebe ich auf – es schneit zu heftig. Als ich weiterfahren will, springt mein Wagen nicht mehr an. Ich krame nach meinem Handy und stelle fest, dass ich es vergessen habe. Was tun? Weit und breit niemand zu entdecken. Nach einer Weile sehe ich im Schneegestöber einen Mann den Seeweg entlang kommen. Ich steige aus. Mir ist, als kenne ich ihn, aber woher? Er trägt eine dicke Lederjacke, Schal, Handschuhe. Seine Haare sind eisgrau, obwohl er nicht älter als 45 sein dürfte. Ich erkläre ihm die Situation, frage, ob er ein Handy hat, damit ich den Abschleppdienst anrufen kann. »Ich schaue mal nach, was mit Ihrem Wagen los ist«, sagt er, zieht Handschuhe und Schal aus, drückt mir alles in die Hand und öffnet die Wagenhaube. »Setzen Sie sich mal rein«, weist er mich ziemlich barsch an. Er hantiert eine Zeit lang herum, schließlich ruft er: »Starten Sie!«

Ich versuche zu starten, nichts geschieht. Wieder macht er sich unter der Motorhaube zu schaffen, wieder soll ich starten. Nichts passiert. »Da bleibt nur noch der Abschleppdienst«, sagt er und klappt die Wagenhaube zu. Er reicht mir sein Handy. Als sich herausstellt, dass der Abschleppdienst aufgrund der Wetterverhältnisse sehr lange braucht, entscheide ich mich den Wagen stehen zu lassen. »Ich kann Sie mitnehmen« bietet mir der Mann an.

»Wohin wollen Sie?«

»Nach München.«

»Das passt«, meint er. Sein Auto ist in der Nähe geparkt. Mit großen Schritten marschiert er los, ich kann ihm kaum folgen, was ihn überhaupt nicht stört. Als wir bei seinem Wagen sind, steigt er als Erster ein, öffnet mir die Beifahrertüre von innen. Ich nehme Platz und denke, dass er ruhig etwas höflicher sein könnte. »Die Türe auf Ihrer Seite klemmt ein wenig, deshalb musste ich sie von innen öffnen«, meint er. Während er dies sagt, sehen wir uns zum ersten Mal an. Er hat blaue Augen, dichte dunkle Augenbrauen, die in völligem Kontrast zu seinen hellgrauen Haaren stehen. Der Anflug eines Lächelns zieht über sein Gesicht. Er startet, wir fahren los. Die Sicht ist katastrophal. Ein angespanntes Schweigen herrscht zwischen uns. Oder kommt es nur mir so vor? »Wen haben Sie im Stift?«, fragt er unvermittelt. Erstaunt sehe ich ihn an. »Ich habe Sie dort schon öfter gesehen«, fährt er fort. »Meine Tante.«

»Das ist also Ihre Tante, die Sie im Rollstuhl herumfahren?«

»Ja«, sage ich, froh, dass wir dieses Schweigen unterbrechen. »Und Sie, haben Sie auch jemand in diesem Haus?« Er wartet eine Weile, bevor er antwortet. »Meine Frau.« Er sagt es so, als handle es sich um eine fremde Person. Betroffen nehme ich es zur Kenntnis. Er sieht kurz zu mir herüber. »Sie ist nach einem Unfall mit anschließendem Schlaganfall zum Pflegefall geworden.« Ich sehe ihn an, sein Gesicht zeigt keinerlei Regung. Stumm fahren wir im Schneckentempo weiter. »Wie alt ist Ihre Frau?«, wage ich nach einer Weile zu fragen. »45«, antwortet er knapp. Wieder folgt ein langes Schweigen. Der heftige Schneefall geht in sanftes Schneetreiben über. Als wir München erreicht haben, hat es ganz aufgehört zu schneien. »Wo möchten Sie hin?«, fragt er. »Lassen Sie mich an der nächsten U-Bahn aussteigen.«

»Ich bringe Sie gerne bis nach Hause«, meint er. »Danke, das ist schon in Ordnung so.« An einem U-Bahnhof hält er an und streckt mir die Hand entgegen. »Matthias Steiner«. »Charlotte Thannhäuser«, stelle ich mich vor. Für einen kurzen Moment hält er meine Hand, blickt mich intensiv an, während ein kleines Lächeln um seine Augen spielt. »Thannhäuser, schöner Name, wie die Wagneroper.« Er lässt meine Hand los. Ich steige aus. »Vielen Dank, Herr Steiner.« Er nickt. »Schönen Sonntag und alles Gute.«In den nächsten Tagen muss ich oft an Matthias Steiner denken, an die Tragödie, die in seinem Leben stattfindet. Meine demenzkranke Tante Grete ist alt, aber seine Frau ist noch so jung, nur fünf Jahre älter als ich. Auf gewisse Weise haben seine Geschichte und sein Schicksal mein Herz berührt. Das ist mir seit Jahren, seit meiner Scheidung nicht mehr passiert. Anlässlich eines Besuches im Stift erfahre ich von Schwester Margarete, dass es seiner Frau sehr schlecht geht.

Der Winter trumpft ein letztes Mal mit großer Gebärde auf, noch einmal versinkt alles im Schnee. Dann kommt der Frühling über Nacht, überzieht das Land mit neuem, farbenfrohen Leben. Haselnusssträucher blühen, Narzissen und Tulpen spitzen hervor. Der See schimmert in leuchtenden Farben. Am Ostersonntag packe ich Tante Greta warm ein und fahre sie mit dem Rollstuhl spazieren. Als ich die Richtung zum See einschlage, kommt Matthias Steiner mir entgegen. Ich habe ihn seit dieser Fahrt nach München nicht mehr gesehen. Beide bleiben wir stehen.»Ich freue mich Sie zu sehen.« Er streckt mir Hand hin. »Wie geht's Ihnen?«

»Nachdem der Frühling da ist, gut.«

»Mir geht's genauso. Das ist schon was anderes, als diese trübe Jahreszeit.« Greta schaut aufmerksam von ihm zu mir. Er beugt sich hinunter zu ihr, begrüßt sie. Greta mustert ihn genau, hält seine Hand fest. In diesem Moment wirkt er verletzlich, fast liebevoll, so ganz anders, als während dieser Autofahrt im Schnee. Er hat nichts mehr an sich von dieser Schroffheit. Er entzieht Greta seine Hand, richtet sich wieder auf und schaut mir intensiv in die Augen. Fast fühle ich mich ertappt. Ich senke den Blick, zupfe an Gretas Zudecke herum. Greta gefällt das gar nicht, sie haut mir auf die Finger. »Hätten Sie Lust, dass wir uns in München treffen, auf ein Glas Wein vielleicht?« Fast erschrocken sehe ich ihn an. Seine Augen halten mich fest. Das alles kommt für mich so unvermittelt, ich kann es nicht einordnen. Gedanken überschlagen sich, der hat doch eine kranke Frau … Er bemerkt mein Zögern. »Habe ich was Falsches gesagt?« Ich schüttele den Kopf. »Nein«, fast verlegen, weiß ich noch immer nicht, was ich antworten soll. Er greift in seine Jackentasche, reicht mir eine Visitenkarte. »Rufen Sie mich an, wenn Ihnen danach ist. Immerhin haben wir ja das Stift, über das wir reden können.« Matthias Steiner beugt sich hinunter zu Greta, verabschiedet sich von ihr. »Auf Wiedersehen«, antwortet Greta. Beide sehen wir uns erstaunt an. Dann streckt er auch mir die Hand hin. »Auf Wiedersehen Charlotte, es hat mich gefreut Sie zu sehen.« Er spricht auf seltsam vertraute Weise meinen Namen aus. Er sagt nicht »Frau Tannhäuser«, nein, er sagt »Charlotte«. Dann verschwindet er mit eiligen Schritten Richtung Stift. Erst jetzt fällt mir ein, dass ich nicht einmal nach dem Befinden seiner Frau gefragt habe.

Diese Begegnung lässt mich die nächsten Wochen nicht mehr los. Was will Matthias Steiner von mir? Ich bin ein gebranntes Kind. Seit meine langjährige Ehe vor drei Jahren zerbrochen ist, habe ich mich nicht mehr auf einen Mann eingelassen. Ich lebe gerne alleine, habe viele Interessen, verlässliche Freunde und meine Arbeit als Heilpraktikerin macht mir Freude. Und doch ist da etwas, was mich an ihm fasziniert. »Charlotte, du fantasierst«, sage ich zu mir. »Hör auf mit dem Blödsinn«. Ab und an betrachte ich seine Telefonnummer. *Matthias Steiner Holzhandel* steht auf der Karte. Zwei Nummern sind angegeben. Vielleicht braucht er nur jemand zum Reden …! Eines Tages rufe ich ihn spontan an, er scheint sich zu freuen und wir verabreden uns für Freitagabend zum Essen.

Als der Abend kommt, mache ich mich besonders sorgfältig zurecht. Ich betrachte mich im Spiegel. Die Jahre sind nicht spurlos an mir vorübergegangen. Um meine heute mit silbergrünem Kajal umrandeten Augen beginnen sich kleine Fältchen zu bilden. Meine roten, halblangen Haare sind wohl das Attraktivste an meinem Äußeren, das war immer so gewesen. Mein schräger, fransig geschnittener Pony macht jünger. »Charlotte, für deine 40 Jahre siehst du ganz passabel aus«, sage ich zu mir. »Aber für wen machst du dich denn so zurecht heute? Dieser Matthias ist ein verheirateter Mann.

Ich kenne das italienische Restaurant, in dem wir uns verabredet haben. Er ist noch nicht da. So bestelle ich ein Glas Champagner, den ich in kleinen Schlückchen genieße. Eine halbe Stunde vergeht. Ich trinke ein zweites Glas. Erst werde ich ungeduldig, dann wütend.

Er könnte anrufen, wenn etwas dazwischen gekommen ist, ich rufe jedenfalls nicht an. Nach einer Stunde ist mir klar, dass er nicht mehr kommen wird. Unter den mitleidigen Blicken der Tischnachbarn zahle ich den Champagner und gehe nach Hause. Ich komme mir vor wie ein Idiot. Anstatt mir ein Taxi zu nehmen, laufe ich wütend zu Fuß. Dieser miese Typ, ich bin ihm nicht einmal einen Anruf wert! Auch die nächsten Tage höre ich nichts von ihm. Als ich Tante Greta im Stift besuche, treffe ich Schwester Margarete. »Sie kennen doch die Familie Steiner«, sagt sie, »Frau Steiner konnte endlich sterben. Gott sei Dank!« Erschrocken schaue ich die Ordensschwester an. »Diese Tragik,

Frau Charlotte, eine so junge Frau. Das hat uns alle berührt.«

»Wann ist sie gestorben?«

»Freitagabend. Es hat sich aber schon am Donnerstag gezeigt, dass es mit ihr zu Ende geht. Ihr Mann und ihre Familie waren bei ihr. Herr Steiner ist die ganze Nacht an ihrem Totenbett gesessen.« Ich schlucke, weiß nicht, was ich darauf antworten soll. »Frau Charlotte, heute ist es selten geworden, dass jemand bei einem Verstorbenen wacht.«

Wochen später übergibt mir Schwester Ivana im Stift einen Brief von Matthias Steiner. Er hat ihn für mich auf der Station abgegeben. *»Liebe Charlotte Thannhäuser«, schreibt er. Sie haben sicher gehört, was passiert ist. Ich war nicht imstande mich bei Ihnen zu melden. Bitte entschuldigen Sie.*

Der Frühling geht in den Sommer über und als ich eines schönen Sonntagnachmittags den Heimweg vom Stift antrete, sehe ich ihn am Eingang stehen. »Charlotte, ich habe auf Sie gewartet«, sagt er und damit beginnt unsere Liebesgeschichte. Wir essen in einem kleinen französischen Restaurant zu Abend, bekommen nur noch einen Platz an der Theke. Reden, lachen. Er geht ganz aus sich heraus, ich erkenne ihn nicht wieder, diesen verschlossenen

Menschen. Als er mich nach Hause bringt, steht er da wie ein Kind das nicht weg will. Es vergeht kaum eine Woche, dann liege ich zum ersten Mal in seinen Armen. Arme, die sich fest um mich schließen. Zauber des Morgens. Aneinanderschmiegen, froh sein miteinander, Stille, Lachen. Sein Körper ist warm, fest, aufregend. Wir trinken Espresso im Bett. Matthias erzählt von seiner Internatszeit, der Scheidung seiner Eltern. Sein Vater hat ihn als Kind der Mutter entfremdet. »Und ich wollte meine Ehe besser machen«, sagt er, »aber Susanne und ich haben eine miserable Ehe geführt. Ich wollte immer ein Zuhause, etwas was mir gehört. Als dieser Unfall passierte und es keine Möglichkeit mehr gab miteinander zu reden, da habe ich sehr gelitten. Nicht einmal ein Kind haben wir zustande gebracht«. Mehr erzählt Matthias nicht von seiner Ehe, auch nicht wie er trauert, das klammert er aus und ich respektiere es.

»Möchtest du nicht einmal zu mir nach Hause kommen, Charlotte?«, fragt er nach ein paar Tagen. Irgendwann Matthias, jetzt noch nicht.« Wenn wir uns treffen, ist es schön, aufregend, innig und sinnlich. Staunend stehe ich wie vor einem Wunder. In seinen Armen fühle ich mich wohl und geborgen. Da ist keine Fremdheit zwischen uns. Wann habe ich das letzte Mal mit einem Mann so geredet, vom

Abend bis zum Morgen, ohne müde zu werden. Plötzlich bin ich eine verliebte Frau. Und doch streift mich manchmal so ein kleines Gefühl, dass es solch ungetrübtes Glück nicht geben kann. Es ist noch nicht lange her, da hat Matthias seine Frau verloren. Er spricht so gut wie nie darüber.

Drei Wochen vergehen wie im Rausch. Bevor er an einem der nächsten Wochenenden zu einer Fachmesse nach Wien fährt, erzählt er am Samstag, dass er sich heute noch mit seiner engsten Mitarbeiterin Luisa treffen wird. »Sie war immer für mich da, als das mit meiner Frau geschah. Ich war so durcheinander Charlotte, Luisa hat mich getröstet.« Erstaunt sehe ich ihn an. »Was meinst du mit getröstet?« Er zögert mit der Antwort. »Ihr hattet ein Verhältnis?«, frage ich bang.
Er schüttelt den Kopf.« »Verhältnis würde ich es nicht nennen, es hat sich so ergeben.« Irritiert frage ich: »Wieso hast du nie von ihr erzählt?« Er zögert eine Weile bevor er antwortet »Da ist schon lange nichts mehr zwischen uns. Jetzt plötzlich will sie mit mir reden.« Matthias sieht mir tief in die Augen, nimmt meine Hände. »Dieser Teil meines Lebens, hat nichts mit dir zu tun, mach dir keine Gedanken.« Als Matthias gehen muss, weil Luisa wartet, mache ich mir viele Gedanken. »Ich will sie

nicht verletzten«, sagt er, bevor er sich verabschiedet. »Gerne gehe ich jetzt nicht, aber sie meint, dass ich ihr ein Gespräch schuldig bin.«

Am späten Sonntagvormittag, steht er aufgeregt vor meiner Türe. »Luisa hat mir mit einem Brief Bedingungen gestellt.« Ohne mich zu begrüßen, stößt er diesen Satz hervor, so, als könne er es nicht glauben. »Komm erst einmal rein«, fordere ich ihn auf. Wir umarmen einander. Er geht voran in die Küche, setzt sich auf einen Stuhl, wirkt völlig aufgelöst. »Luisa bittet mich, ihr noch eine Chance zu geben«, sagt er und sitzt da wie ein kleiner Junge, der die Welt nicht mehr versteht. Ich schlucke, was soll ich sagen, ich habe es geahnt, so bedeutungslos ist das alles sicher nicht. Ob er mich belogen hat? »Versteh einer diese Frau«, meint Matthias und blickt ins Leere. »Mir ist das alles nicht ganz geheuer, gerade jetzt, wo wir gemeinsam auf die Messe fahren.«
»Ach, sie begleitet dich?«, stelle ich betroffen fest.
»Ja, wir arbeiten schließlich zusammen.« Er sieht mich an: »Luisa hat sich Hoffnungen gemacht, obwohl sie immer was anderes gesagt hat, was kann ich dafür.«
»Und was jetzt Matthias?«
»Was meinst du Charlotte, da gibt es doch nichts, was sich ändert zwischen dir und mir. Ich habe alles

klargestellt, auch Luisa von uns erzählt.« Damit fallen wir einander in die Arme und Luisa ist vergessen. Mich erstaunen immer wieder seine Gefühle für mich. Diese sinnliche Heftigkeit. Er ist ein wunderbarer Liebhaber. Er hat Hunger. Ich mache ihm ein Brot zurecht. Er liegt auf meiner Couch. »Komm her zu mir«, sagt er und erzähle mir von dir.« So liege ich in seinen Armen und erzähle von meiner gescheiterten Ehe. Draußen ist es grau und regnerisch und in uns ist es hell, licht und überwältigend schön. Wenn ich in seinen Armen liege, ist er es, der mich hält. Am Abend spazieren wir durch die Stadt. Er hackt sich bei mir unter. Wir gehen ins Kino. Hinterher trinken wir Wein, baden bei Kerzenlicht um Mitternacht. Legen den Wecker unter ein Kissen. Ich lese ihm aus meinen Notizbüchern vor. So viel Schönheit, so viel Nähe. Ich bin die reichste Frau der Welt. Luisa ist kein Thema mehr. Vor der Reise nach Wien, treffen wir uns jeden Tag. Er schenkt mir kostbare Ohrringe. Ich fühle mich schön mit all diesen guten Gefühlen und beginne wieder an die Liebe zu glauben. Beim Abschied sagt er: »Jetzt bin ich ruhig und stark, du setzt so viel Gutes in mir frei.«

Er ist fort. Die Erinnerung an seine zärtlichen Hände begleitet mich den ganzen Tag. Am Abend warte ich vergeblich auf seinen Anruf. Warum nur, ruft er nicht an? Sein Handy ist ausgeschaltet. Auch am nächsten Tag höre ich nichts von ihm. Ich bin unruhig, überlege in der Firma zu fragen, in welchem Hotel er abgestiegen ist. Er hat es nicht gewusst … »Luisa hat alle Unterlagen …!« Ich verwerfe den Gedanken. Als er sich auch an den folgenden Tagen nicht meldet, bedrängen mich andere Gefühle. Kann es sein, dass es mit Luisa nicht vorbei ist? Traurigkeit und Unsicherheit überkommen mich. Ich blicke auf mein Leben, fühle einen altbekannten Schmerz wiederkehren. Kann ich ihm noch vertrauen? Mit jeder Stunde, die ohne ein Zeichen von ihm vergeht, muss ich erkennen, dass er ein Feigling ist. Wie kann ein Mann nur so zärtlich sein und so feige zugleich?

Am Tag seiner Rückkehr, rufe ich in der Firma an. Er ist am Telefon. »Wie geht`s?«, sagt er verlegen und unsicher. Ich stehe da, mit einem bleischweren Herzen, aus meinem Mund kommt kein einziger Ton obwohl alles in mir schreit. Ich bin sprachlos. Noch bevor er weiter sprechen kann, lege ich auf. Ratlos stehe ich da und fühle einen tiefen Schmerz. Ich weine und weine. Tage vergehen voller Traurigkeit, ich bin unendlich verletzt und er macht nicht einmal den Versuch Kontakt mit mir aufzunehmen. Wer ist dieser Mensch? Ein Fremder, der für kurze Zeit mein Leben verzaubert hat? Und doch lebe ich manchmal noch immer in Sinnlichkeit und Berührung zwischen Schlafen und Wachen. Gar nicht selten, ist er schon in meiner Wahrnehmung, noch bevor ich richtig wach bin. Was sehnt sich in mir, so lange, so anhaltend? Sind es die sinnlich genossenen Freuden, die mir etwas vorgaukeln? Wochenlang fühle ich eine tiefe tränenreiche Einsamkeit. Momente, in denen ich glaube, dass Schmerz und Verlassenheit nicht mehr aufhören. Die Stärke, die ich einmal empfunden habe, ist in sich zusammengefallen und hat ein »Häufchen Elend »hinterlassen. Woher soll ich die Kraft nehmen, wieder aufzustehen? Wenn ich verliebte Paare sehe, möchte ich mich verkriechen.

Trost finde ich bei Tante Greta. Ich verbringe viele Tage in ihrer sicheren, wärmenden Nähe, so wie früher. Trotz ihrer Demenz, spürt sie, was in mir vorgeht. Manchmal hat sie sogar klare Momente, in denen sie mit mir spricht. »Zu einer Liebe Charlotte, wird man getragen«, hat sie mich früher einmal getröstet, als ich Liebeskummer hatte. »Sie findet dich, du musst sie nicht suchen.«

In einer milden Sommernacht schläft Greta für immer ein. Hand in Hand mit der alten Rosa, sitze ich voller Dankbarkeit an ihrem Totenbett. Alles ist still, voller Frieden. Ich stelle mich ans geöffnete Fenster. Der große, runde Vollmond steht am Himmel. Eine einzelne Wolke schiebt sich über das Rund des Mondes, dämpft das Licht und verwandelt den Garten auf wundersame Weise. Er sieht jetzt aus wie ein japanisches Aquarell. Ich drehe mich um. Im perlmuttfarbenen Mondlicht verschwimmen die Konturen von Gretas Gesicht. »Die Toten der Familie, sind die Schutzengel der Lebenden«, hat sie mich gelehrt. Etwas von diesem Schutz kann ich jetzt fühlen. Am frühen Morgen wird Greta abgeholt. Ich gehe hinunter zum See. Bläulicher Dunst liegt über Wasser und Land, es wird ein schöner Tag heute werden. Ich fühle ein tiefes, dankbares Gefühl, dass Greta so sanft gehen durfte.

Wochen sind vergangen und ich stelle fest, dass sich auch der Schmerz um Matthias verändert hat. Ich werfe seine Zahnbürste weg und das afrikanische Tuch mit den blauen Pfauen, das er morgens so gerne um sich geschlungen hat. Seine Telefonnummer lösche ich aus dem Speicher. Eines Tages ist eine Nachricht von ihm auf dem Anrufbeantworter. »Ich wollte fragen, ob wir uns treffen können, um über das Ganze zu reden!« Zunächst bin ich völlig überrascht, dann aufgeregt und nervös. Ich ignoriere den Anruf. Er ruft erneut an, diesmal bin ich am Telefon. Noch ehe ich etwas sagen kann, sprudelt er los. »… Luisa war so elend und zum ersten Mal in ihrem Leben hat sie mir ihre wahren Gefühle gezeigt. Sie liebt mich.« Ich kann nicht glauben, was ich da höre. Dann spricht er einfach weiter, ohne abzuwarten, ob ich etwas zu sagen habe. »Charlotte, ich kann nicht glücklich sein, bei all dem, was ich angerichtet habe, deshalb möchte ich mit dir sprechen.« Höre ich richtig? Solange habe ich auf eine Nachricht von ihm gewartet und jetzt..? Mein Körper bebt vor Zorn. »Du mieser Feigling«, schreie ich ihn an. »Du willst auch noch die Absolution von mir. Scher dich zum Teufel.« In dieser Nacht finde ich keinen Schlaf. Seine scham-lose Unverfrorenheit hat mich aufgewühlt. Ich sehe sein Gesicht so deutlich vor mir, dass ich beinahe glaube, es berühren zu können.

Ein Jahr verstreicht. Ein herrlich, neuer Sommer ist da. Oft fahre ich aufs Land. Der Ginster blüht die-ses Jahr so üppig, dass manche Hügel aussehen, als ob sie mit gelben Tüchern bedeckt wären. An einem der Abende ziehe ich mein neues lachsfarbe-nes Seidenkleid an, das ich mir habe nähen lassen. Ich will Freunde treffen, wir sind im Bistro Santa

Lucia verabredet. Kurz vor dem Lokal, steht plötzlich wie aus dem Boden gewachsen Matthias vor mir. Beide sind wir überrascht. Er versucht mich an der Schulter zu berühren, ich weiche zurück. Grußlos gehe ich an ihm vorbei. Ich betrete das kleine Lokal, meine Freunde sind schon da. Unter großem Hallo setze ich mich zu ihnen. Irgendwann steht Matthias vor mir. Alle schauen zu ihm hin. Er fasst an meinen Arm, ich sehe zu ihm auf. »Ich würde gerne mit dir sprechen, bitte Charlotte«, sagt er leise. Ich sehe ihn an und fühle gar nichts. Wir gehen nach draußen. Dort stehen wir einander gegenüber, fast flehendlich blickt er mich an. »Charlotte, ich schäme mich so.« Er versucht meine Hand zu ergreifen, ich entziehe sie ihm. »Ich weiß, dass du mein Verhalten nicht verstehen kannst, aber … Luisa hat mir auf der Messe gestanden, dass sie ein Kind von mir erwartet.« Fast stößt er diesen Satz hinaus. »Was hätte ich tun sollen?« Schweigend sehe ich ihn an. Ich fühle gar nichts. Nicht einmal mein Herz pocht schneller. Sie hat das Kind verloren«. Er sagt dies mit leiser Stimme. Wieder schweigen wir. Er spricht als Erster wieder. «Ich konnte dich nie vergessen, Charlotte, habe immer an dich gedacht. Die Wochen mit dir waren die schönsten meines Lebens.« Fast bittend sieht er mich an. Noch immer sage ich nichts. »Glaubst du es gibt eine neue Chance für uns?«Auf einmal sehe ich ihn ganz klar, diesen Jungen, ewig auf der Suche nach neuen Gefühlen und Abenteuern. Ein nach außen Erfolgreicher, der nicht weiß wohin er gehört. Ich kann physisch spüren, wie einsam er sich fühlt und ich weiß mit Bestimmtheit, es ist vorbei mit Matthias. Ich bin ihm nicht einmal mehr böse.

Lange sehe ich ihm nach, wie er fortgeht, ohne sich umzudrehen. Ich blicke hinauf in die Sterne. Sie haben etwas unglaublich Beruhigendes. Und ganz plötzlich überflutet mich ein Glücksgefühl. Ich fülle meine Lungen mit der herrlich klaren Luft und fühle mich frei.

# Fünfzig Rosen für Christina

*Helena, Christinas und Michaels Tochter wünscht sich zu ihrer bevorstehenden Hochzeit mit Hugo, dass die Feier auf ihrer geliebten, griechischen Insel stattfindet. Da gibt es ein Problem. Helenas Eltern sind seit Kurzem geschieden, weil Michael eine andere Frau kennengelernt hatte.*

*Als die Eltern sich treffen um die Hochzeit zu besprechen, erfahren sie, dass Helena ihrem zukünftigen Ehemann nicht mehr vertrauen kann. Gleichzeitig gesteht Michael, dass die Scheidung ein Irrtum war. Er bittet um eine zweite Chance.*

\*\*\*

Ich liege im Bett, wälze mich hin und her, finde keinen Schlaf. So vieles geht mir im Kopf herum. Plötzlich klingelt das Telefon draußen in der Diele. Ich blicke auf die Uhr, die zeigt fast Mitternacht. Mein Gott wer ruft jetzt noch an? Um diese Zeit hat das Klingeln etwas Bedrohliches. Irritiert stehe ich auf, gehe zum Telefon und nehme den Hörer ab. »Kaufmann«. »Mama, Mama, wir werden heiraten!« höre ich die aufgeregte Stimme meiner Tochter Helena. Ich bin völlig perplex, atme tief durch, kann erst einmal gar nichts antworten. »Mama, was sagst du dazu? Hugo und ich, wir heiraten.« Meine ungestüme 23jährige Tochter, so impulsiv war sie schon als kleines Mädchen gewesen. »Und das hätte nicht Zeit bis morgen gehabt, Helena?«

»Nein Mama, und noch was, wir wollen in Papas Ferienhaus in Griechenland heiraten.«

»Aha,!«, höre ich mich sagen und dann weiß ich nichts mehr zu antworten. »Mama, bist du noch dran?«

»Natürlich Helena, ich bin überrascht und weiß nicht so recht, was ich sagen soll. Glaubst du, dass dein Vater damit einverstanden ist, die Hochzeit in Griechenland zu feiern?«

»Ja, Mama, ist er«, ruft Helena aufgeregt, »Er weiß es.«

»Du hast also schon mit ihm gesprochen?«

»Freust Du dich denn gar nicht für uns?«, fragt Helena kleinlaut, nachdem wir beide eine Weile geschwiegen haben. »Aber ja, ich freue mich, Hugo ist bestimmt der Richtige.«

»Mama, eine Feier in München, wird es auch geben.«

Als ich den Hörer aufgelegt habe, bin ich so aufgewühlt, dass ich nicht mehr zurück ins Bett kann. Ich gehe in die Küche, hole mir ein Glas Wein und setze mich hinaus auf den Balkon. Der Sommer hat begonnen, die Nacht fühlt sich warm an, überall ist Leben spürbar und doch habe ich so manches Mal ein Gefühl von Einsamkeit in mir. Über zwei Jahre ist es jetzt her, dass Michael und ich getrennt sind und die Scheidung war erst vor Kurzem, im Mai gewesen. Diese große Liebe, sie war einfach so zu Ende gegangen. Er hat mich ausgetauscht gegen eine Jüngere. Und ich habe lange geglaubt, dass ein Versprechen: *»in guten wie in schlechten Tagen«* etwas wert ist. Ich trinke einen Schluck Wein. Erinnerungen werden wach, als wären sie gerade eben erst geschehen: *»Ich werde aus unserer Wohnung ausziehen!«* Schreckliche Worte. Eine fremde Frau hörte diese Worte, als wären sie nicht für sie bestimmt. *»Wann Michael?«*

*»In den nächsten Tagen. Ich will keine Scheidung hörst du Christina und es gibt keine andere Frau.«* Die wird es bald schon geben, hatte ich mit der Intuition einer Frau gefühlt und ihm dennoch irgendwie glauben wollen. *»Du wirst meine Frau bleiben!«* Worte, nichts als Worte, hatte ich gedacht und seine Augen angesehen in denen etwas Mitgefühl zu sehen war.

Aufgewühlt blicke ich hinauf in den wunderbaren Sternenhimmel. Michael wird sicherlich mit seiner neuen, jungen Partnerin zur Hochzeit kommen. Soviel ich weiß, ist Klara erst 27 Jahre alt und Michael schließlich schon 50. Gewiss, es war nicht sie, für die er mich verlassen hat, aber dennoch. Mein Kind wird also heiraten, mein rothaariges, kleines Teufelchen. Wehmut befällt mich, wenn ich an die gemeinsamen Sommer in Griechenland denke. Michael hatte dort schon als Kind die Sommer verbracht, im Hause seiner verstorbenen Großmutter, die einst mit einem stolzen Griechen verheiratet gewesen war. Michael kann tanzen wie die Griechen, und er sieht auch fast so aus, wie einer von ihnen. Groß, noch immer beneidenswert schlank, dunkelhaarig mit blauen Augen. Und er liebt seine griechische Insel. Ich trinke einen Schluck Wein. Noch immer tut es weh verlassen worden zu sein. Seltsam, ich kann jetzt kaum noch nachvollziehen, wie ich die Stunden, die Tage nach der Trennung von Michael überstanden habe. In der Schule hatte ich mich am nächsten Tag krankgemeldet, ich hatte mich nicht imstande gefühlt, vor meine kleinen Schüler zu treten. Viel bewegt in der Natur habe ich mich in dieser Zeit. Nur so war dieser schweren Last auf meinem Herzen zu begegnen gewesen. Gleich nach dem er es mir gesagt hatte, war ich mit dem Fahrrad zum botanischen Garten gefahren. Ich berührte die uralten Farne, suchte Trost bei ihnen. Eine große Sonnenbrille versteckte meine geweinten und ungeweinten Tränen. Vogelgezwitscher und blühende Blumen halfen mir für kurze Zeit Frieden zu fühlen. *Lass ihn ziehen, sagte eine Stimme. Du wirst frei sein. Frei von was? Von der Liebe zu ihm? Niemals. Verstand und Gefühl, welch eine Kluft. Lass los, flüsterte die innere Stimme. Heilung geschieht nur durch Loslassen. Du hast doch ein Kind, du hast Freunde, du hast Familie, du hast deine Aufgaben. Du bist weder einsam noch allein.*

Und irgendwann ist er dann doch mit der Wahrheit herausgerückt. Sein Gesicht hat trotzig gewirkt und entschlossen. Und er hat losgeredet, dass er endgültig ausziehen möchte und seine Stimme hat fast wütend geklungen. Ja, es gäbe eine andere Frau, aber sie hätten noch nichts miteinander angefangen. »Ich möchte frei sein, Christina, noch einmal ein ganz eigenes Leben haben. Im Hochgebirge klettern, in primitiven Hütten übernachten. Einfach leben, das möchte ich.« Ich hatte ihm antworten wollen, aber wir haben doch so viel zusammen gemacht, unsere Fahrradtouren, unsere Wanderungen, unsere Reisen, unsere lebendigen Gespräche, unser Lachen … Stattdessen hatte ich ihn, sprachlos geworden angesehen, in stiller Verzweiflung seine fadenscheinigen Argumente angehört und darin all seine Lügen entdeckt. Ich wusste in diesem Moment, dass er mich lange schon belogen hatte und mein Herz war wie ein Stein versunken. *Er ist genauso wie viele Männer, die erst gehen, wenn eine andere Frau da ist. Er ging,* ohne Verabschiedung. Und als er fort war, stand ich da mit einem Dolch in meinem Herzen. Plötzlich war ich eine einsame, verlassene Frau, eine von vielen und ich konnte mir nicht mehr vorstellen, wie es wäre glücklich zu sein. Noch jetzt kann ich diese schmerzhaften Tage fühlen. Und doch verzauberten an manchen Tagen Sehnsucht und Erinnerung alles in eine trügerische Illusion.

Als er seine letzten Sachen aus der Wohnung holte, wollte ich nicht dabei sein. Später, als ich zurückkam und die Wohnungstüre aufschloss, traf mich die große Wucht eines nie gekannten Schmerzes. Ich weinte und weinte und bekam kaum noch Luft. Kein Brief, kein Gruß, nichts lag da. Er war gegangen ohne eine letzte Berührung. Der tiefe Schmerz des Verlassenseins, war so groß, wie ich nicht erwartet hatte ihn noch einmal zu fühlen. Fassungslos stand ich vor den Scherben meiner großen Liebe und fühlte nur noch diese entsetzliche Last auf meiner Brust. Plötzlich waren gemeinsame Stunden unerreichbar fern. Alle Zärtlichkeit war verloren gegangen. Es folgten Stunden, Tage, Wochen, Monate, wo Verzweiflung und Hoffnung einander abwechselten. Das konnte doch nicht sein, mein Michael hatte mich verlassen, der Mann mit dem ich fast 28 Jahre zusammen gewesen war. Ich fühlte große Einsamkeit, wurde fast orientierungslos. Kurz nach der Trennung hatte ich erfahren, dass er bereits mit dieser neuen Frau zusammenlebte. Und doch, fast unbemerkt, war der Schmerz allmählich milder geworden, aber als Michael um die Scheidung bat, war ich erneut schockiert. Der Verstand sagte, gut, dass auch im Äußeren ein Schlussstrich gezogen wird. Aber das Innenleben wollte noch immer festhalten. Es war dieses … »jetzt gehöre ich zu niemand mehr. Jetzt ist es endgültig vorbei.«

Der Tag der Scheidung kam, dieser Gang nach Canossa. *Der Schmerz von meinem Mann geschieden zu werden ist entsetzlich, wie ihn ertragen, wie da durchkommen? Diese eine Liebe, sie ist in mir, ich kann sie nicht verdrängen.* Ich hatte kaum geschlafen, soviel Erdenschwere lastete auf mir in dieser Nacht. Und am Morgen war mir, als sei ich ein ganz und gar gefühlloses Wesen, ich spürte nichts und fragte mich, ob wirklich ich es war, die heute geschieden werden würde.

Der Weg zum Gericht. Ich war früh dran, setzte mich an den wunderbaren Wittelsbacher Brunnen, betrachtete die Blumen. Über die Brunnen in München wollten wir ein Buch machen, er die Bilder, ich den Text. Im siebten Stock des Gerichtsgebäudes sollte die Scheidung stattfinden. Als ich ankam, war er schon da. Abgemagert, elend schaute er aus. Als er mich sah, sprang er auf, umarmte und küsste mich auf die Wangen. Er atmete schwer, sehr schwer. »Hast du Beklemmung?«, fragte ich ihn. Er nickte. »Ich kann nicht durchatmen«, hatte er geantwortet, »ich bin beinahe nicht die Treppen hochgekommen.« Wir hatten uns angesehen, dann hatte er verlegen weggeschaut und gesagt, dass ihn das alles so mitnimmt. Er hatte dabei jenen Blick verzweifelter Ruhe aufgesetzt, den er immer hatte, wenn er alles Aufwühlende zu verdrängen suchte. Warum tust du es dann, hatte ich innerlich aufgeschrien, warum willst du dann diese Scheidung, wir haben uns doch gut verstanden, so viele Jahre lang. Laut sagte ich: »Leider, haben wir es vermasselt.« Und dann war auch schon der Anwalt gekommen. Ich sehe alles vor mir, als würde die Scheidung gerade eben passieren.

*In vermeintlicher Eintracht sitzen wir nebeneinander. Ein netter Richter, eine Assistentin, die üblichen Formalitäten. Seit wann sind sie getrennt ...? Ich beginne still vor mich hin zu weinen, ich kann*

*nicht anders. Der Richter sieht Michael un. Herr*
*Kaufmann, Sie haben die Scheidung eingereicht,*
*Sie halten also diese Ehe für zerrüttet. Michael*
*zögert mit der Antwort, nickt. Ein zaghaftes JA*
*kommt aus seinem Mund. Der Richter wendet sich*
*mir zu. Und Sie, Frau Kaufmann, halten Sie Ihre*
*Ehe auch für zerrüttet? Nein, ich halte sie nicht für*
*zerrüttet, aber ich stimme der Scheidung zu. Er*
*scheint erstaunt, blickt uns beide abwechselnd an.*
*Sehen Sie nicht doch irgendwie eine Möglichkeit*
*der Versöhnung? Ein magischer Moment der Hoff-*
*nung. Ich hatte gefühlt, dass dies eine Brücke war,*
*über die wir hätten zueinanderfinden können. Seine*
*Hand war nah bei meiner Hand gewesen, ich hätte*
*sie nu zu ergreifen brauchen, aber ich tat es nicht.*
*Frau Kaufmann, halten sie die Ehe für gescheitert?*
*Beide hatten wir genickt. Und dann wurden wir*
*geschieden und voller Tränen hatte ich den Raum*
*verlassen. Als ob ein Gericht eine Liebe scheiden*
*könnte, als ob der Gesetzgeber Macht hätte über*
*Gefühle.* Danach sind wir gemeinsam Richtung
Schwabing unsere alten Wege gegangen, vertraut,
einander zugewandt wie ein gutes Paar. Auf irgend-
eine Art sind wir uns nahe gewesen, so wie in all
den vergangenen Monaten nicht. Michael hatte
immer noch Schwierigkeiten durchzuatmen und er
erzählte von großen Problemen in seiner Werbe-

agentur. In unserem Lieblingscafé tranken wir Espresso. Danach verabschiedeten wir uns mit einer tiefen, innigen Umarmung. Er und ich, wir hatten uns kaum loslassen wollen. *Er wird mir immer nah sein. Warum, warum dies alles?* Ich sah ihm nach, gebeugt lief er dahin, ohne sich umzudrehen. So ging kein Sieger. *»Ich helfe dir wo immer ich kann«, verspricht er. Worte, nichts als Worte. Zurück bleiben zwei verwundete Seelen.*

Ich stehe auf, gehe wieder hinein und schließe die Balkontüre. Im Badezimmer stelle ich mich vor den Spiegel und betrachtete mich. Meine Gesichtshaut ist immer noch straff, ich bin jetzt 49 Jahre alt. Gewiss, ich werde meist jünger geschätzt, aber mein Hals, der wird langsam faltig. Und aufs Essen muss ich noch mehr achten als früher. Das Schönste an mir sind wohl meine Augen. Immer noch intensiv blaugrün, je nachdem was ich farblich trage. Früher hatte ich blonde Strähnchen, aber seit der Trennung von Michael habe ich mich auf meine eigentliche Farbe, einen leichten Kupferton, besonnen. Schade, dass wir nicht mehr Kinder haben. Ich spüre, dass ich noch immer aufgewühlt bin von dem Telefonat mit Helena. Warum eigentlich? Dass ich Michael mit seiner neuen Freundin treffen werde? Kann mich das immer noch verletzten, ihn mit einer anderen Frau zu sehen? Ist es die Erinnerung an all die gemeinsamen Sommer in diesem Haus auf der griechischen Insel? Wenn ich ganz ehrlich zu mir bin, dann habe ich schon lange vor der Trennung, meine Beziehung mit Michael in einem anderen Licht betrachtet. Ich habe mir eingestehen müssen, dass das Leben miteinander zum Stillstand gekommen war. Gewiss, da waren immer noch viele Gemeinsamkeiten, aber irgendwo hatte sich Müdigkeit eingeschlichen. Wie oft habe ich mich nach der Trennung gefragt, was ich falsch gemacht hatte, was ich hätte besser machen können. Wenn ich lange genug darüber nachdenke, packt mich die Wut, dass nur ich alles reflektierte, was ist mit ihm? Schließlich haben wir ein halbes Leben miteinander verbracht. Ich habe ihn immer gemocht, auch jetzt noch. Und doch, langsam bekomme ich Geschmack an dem Leben alleine, es ist um so viel einfacher. Ich liebe meine vielfältigen Pflichten und sozialen Aufgaben, ich kann anderen Menschen helfen und das tut wiederum mir gut. Gut ist auch, dass ich immer ein eigenes Leben gehabt habe, sonst wäre ich aufgeschmissen. Ich verlasse das Badezimmer, gehe an den Wohnzimmerschrank und nehme eine Box heraus mit den neuesten Fotos, die Helena mir geschickt hat. Helena und Hugo beim Judo. Ich muss lächeln bei den Gedanken, wie sich die beiden beim Sport kennengelernt hatten und wie sie sich die erste Zeit aus dem Weg gingen und Helena immer behauptet hatte, Hugo sei ein arroganter Frauentyp, dem sie nicht über den Weg trauen würde. Hugo war ein gut erzogener, beruflich tüchtiger junger Mann. Sie passten auch äußerlich gut zusammen und, er ließ sich von Helena nicht auf der Nase herumtanzen. Und jetzt würde ihr kleines Mädchen auf der griechischen Insel heiraten. Mein Gott, wie schnell so ein Kind groß wurde. Obwohl ich immer dachte eine Mutter zu sein, die loslassen kann, so hat es mir doch viel ausgemacht, als Helena damals in ihre eigene Wohnung zog. Als sie dann, um ihre Ausbildung zur Hotelfachfrau zu vervollständigen, für ein Jahr nach Rom gegangen war, habe ich mir noch mehr Sorgen um sie gemacht. Ich blicke auf die Uhr und erschrecke. Mein Gott, es war schon fast zwei Uhr, nichts wie ins Bett, morgen muss ich fit sein.

Als ich am nächsten Tag gegen vierzehn Uhr die Schule verlasse, steht plötzlich Michael vor der Türe und wartet auf mich. »Ist was passiert?«, frage ich aufgeregt. Er kommt lächelnd auf mich zu. »Nichts ist passiert Christina, ich will über unsere Tochter reden.« Wir umarmen einander, küssen uns auf die Wange. Irgendwie wirkt er seltsam. »Was sagst du zu unserer Helena?«, meint er. »Alt genug ist sie zum Heiraten. Ich glaube Hugo und sie passen gut zusammen.«

»Irgendwie überraschend, findest du nicht?«, meint Michael. »Überraschend ist für mich mehr, dass sie sich in den Kopf gesetzt hat auf der griechischen Insel zu heiraten«, werfe ich ein. Wir gehen miteinander zu dem Italiener in der Nähe der Schule, wo wir während unserer Ehe viele schöne Stunden verbracht haben. Ich weiß von dem Besitzer, dass Michael mit seiner neuen Frau nicht dorthin kommt. Im Restaurant ist wenig Betrieb.

Überschwänglich werden wir begrüßt. Wir bekommen einen schönen Platz im Eck, bestellen Weißwein und lassen uns die Karte bringen. Ich spüre wie Michael mich über den Kartenrand intensiv mustert. »Wie geht es dir?«, frage ich ihn und sehe ihm dabei in die Augen. »Mir geht es sehr gut.« Michael spricht diesen Satz allzu hastig aus, als würde er etwas zu verbergen suchen. Ich nicke. Der Kellner bringt den Wein. »Können wir mit dem Essen noch etwas warten?«, meint Michael und legt die Karte auf den Tisch. »Da gibt es etwas, was mir sehr am Herzen liegt, worüber ich mit dir sprechen möchte.« Ich sehe ihn an, ahne, was jetzt kommen wird und noch bevor Michael was sagen kann spreche ich: »Du willst deine Freundin Klara mitbringen?« Michael schüttelt den Kopf, zaghaft greift er nach meiner Hand. Ich entziehe sie ihm. »Christina, es wird keine Hochzeit geben.«

»Wie, es wird keine Hochzeit geben?« Ich sehe Michael fragend an. Michael schluckt, zögert mit der Antwort. »Helena und Hugo haben sich getrennt.«

»Was haben sie?« Meine Stimme überschlägt sich fast. »Hugo hatte die ganze Zeit, nebenbei eine Andere.«

»Oh mein Gott«, rufe ich aufgeregt, »mein armes, armes Kind.« Ich nehme einen Schluck Wein, das Schlucken fällt mir schwer. »Wie hat Helena davon erfahren?«, frage ich. »Na, wie wohl? Sie hat es raus bekommen«, meint Michael kleinlaut. Schweigend betrachten wir einander. »Und da kommt sie zu dir, anstatt zu ihrer Mutter!«, sage ich mit vorwurfsvoller Stimme. Wieder schweigen wir. »Ich habe mit Hugo gesprochen, er war bei mir«, höre ich Michael sagen. Fassungslos sehe ich ihn an. »Ach ja und was hast du ihm gesagt, das würde mich sehr interessieren?« Ich stoße diesen Satz ziemlich aggressiv hinaus. Die Leute im Lokal sehen zu uns her. Noch bevor ich weiterreden kann, unterbricht mich Michael ebenfalls in einem nicht minder aggressiven Ton. »Genau, das habe ich mir gedacht, dass du so reagieren würdest. Aber Hugo ist Hugo und ich bin ich, das eine hat mit dem anderen nichts zu tun.«

»So kann man das auch sehen«, schreie ich fast. Dieser Mistkerl, dieser verdammte Mistkerl«, ich bin voller Zorn auf ihn, aber er hat ja nichts anderes getan, als der Vater der Braut..« Michael sieht mich entsetzt an. Ich halte seinem Blick stand. *Wut packte sie, wenn sie Michael so ansah, Wut über so viel Ungesagtes. Sie wusste bis heute nicht wirklich, warum er gegangen war, warum ihre Ehe gescheitert war. Er hatte ihnen einfach keine Chance gelassen. Ein Mann würde stets um seine Firma kämpfen um persönlichen Erfolg, um das was ihm wichtig ist. Aber in dem Moment, wo eine andere Frau auftaucht, wo neue, aufregende Sexualität Bedeutung bekam, in diesem Fall hatte sie keine Chance gehabt.* Laut frage ich: »Wo ist Helena jetzt?«

»Bei einer Freundin, sie will niemand sehen, auch uns nicht«, antwortet Michael kleinlaut. Schweigend sitzen wir am Tisch, der Kellner der die Diskussion wohl bemerkt hat, hält sich dezent im Hintergrund, hat noch nicht gefragt, was wir essen wollen. »Ich kann nichts essen«, sage ich, »ich muss mich bewegen, ich muss raus, raus, raus.«

»Kann ich mitkommen?«, fragt Michael. »Von mir aus!«

Wind ist aufgekommen im Englischen Garten, er fegt mit großer Kraft durch die Wipfel der Bäume. Schweigend laufen wir einen Nebenweg an einem kleinen Bach entlang. »Bleib mal stehen«, sagt Michael. »Es gibt da noch etwas, was ich mit dir besprechen möchte.« Ich bleibe stehen, wir sehen uns an. »Ich weiß nicht, wie ich anfangen soll«? Michael zögert eine Weile, dann spricht er weiter. »Ich weiß jetzt, dass ich Mist gebaut habe, ich hätte dich nicht verlassen dürfen, unsere Scheidung war ein Irrtum.« Eine große Pause entsteht, stumm stehen wir da. Ich finde als Erste meine Sprache wieder. »Was meinst du mit … unsere Scheidung war ein Irrtum«? Michael atmet schwer, so wie immer, wenn er Probleme hat. »Ich möchte zurückkommen, Christina.« Noch bevor ich etwas antworten kann, fügt er hinzu: Mir ist klar geworden, dass ich dich sehr, sehr liebe.« Ich sehe ihn an, kann nicht glauben, was ich da höre und das aus seinem Mund. »Helena hat mir erzählt, wie sehr du unter unserer Trennung gelitten hast. Es tut mir alles so leid, so unsagbar leid.«

»Lass uns weiter gehen«, war alles, was ich nach einer Weile sage. Schweigend gehen wir nebeneinander her, bis zu einer kleinen Brücke, dort bleiben wir erneut stehen. Beide blicken wir aufs Wasser hinunter. *Hier hatte sie oft gestanden und ge-*

*weint und geglaubt nicht mehr leben zu können.*
*Wie sehr hatte sie sich gewünscht, dass er zurück-*
*kommen würde, damals. Alles hätte sie getan, wenn*
*er nur zurückgekommen wäre. Und jetzt, was fühlte*
*sie? Sie fühlte gar nichts.* »Habe ich eine Chance?«, höre ich Michaels Stimme. Ich blicke ihm
direkt in die Augen. »Du machst es dir wirklich
einfach.« Ruhig spreche ich diese Worte aus.
»Weißt du eigentlich, was du angerichtet hast? Der
Satz … du brauchst mich, ist mir zu wenig!«

»Du hast nie um unsere Ehe gekämpft.«

»Als ich um die Scheidung bat, warst du einverstanden«, schreit mir Michael entgegen. »Um was
hätte ich kämpfen sollen, um was? Da war doch
schon eine andere Frau in deinem Leben, da ist
jeder Kampf sinnlos« schreie ich zurück. »Verdiene
ich keine zweite Chance?« höre ich seine Stimme
und mir ist, als gehörte diese Stimme zu einem anderen Leben, es war die Stimme eines Fremden.
»Du bist zu stolz Christina«

»Ach ja!« Ich sehe Michael an, wie ein Film läuft
alles noch einmal vor mir ab. Seine Untreue, seine
Lügen, nein, er würde es wieder machen. »Glaub
mir, ich habe viel nachgedacht über uns. Mir ist
klar, dass auch ich meinen Anteil daran habe, dass
du gegangen bist. Niemand geht einfach so. Das
was mich maßlos verletzt hat war, dass du uns kei-

ne Chance gelassen hast. Du hast mir nicht einmal die Möglichkeit gegeben mit dir zu sprechen, geschweige denn uns miteinander auseinanderzusetzen. Die Art wie du gegangen bist, die war schäbig und deiner nicht würdig..«

»Du weißt doch, Männer sind feige.«

»Und du glaubst, das entschuldigt deine Vorgehensweise? Nein, Michael, das ist ein Teil von dir, das ist dein zerstörerischer Part, oder sollte ich besser sagen, dass du das Streben nach vermeintlicher Selbstverwirklichung mit großer Zerstörung vorangetrieben hast.«

»Liebst du mich denn gar nicht mehr?«, fragt Michael und versucht meine Hand zu nehmen, die ich ihm sofort entziehe. Ich betrachte ihn, sehe einen verletzlichen, kleinen Jungen. Aber ich sehe auch einen verwöhnten Egoisten, der sobald es gefühlsmäßig schwierig wird immer den Rückzieher macht.» Ich sag dir was Michael, alleine leben hat keinen Schrecken mehr für mich. Überhaupt keinen. Manchmal entscheiden Menschen, sich nicht mehr zu bemühen, um das, was ihnen mal am meisten bedeutet hat und weißt du auch warum? Sie vertrauen dem anderen nicht mehr. Und jetzt, bitte ich dich mich alleine zu lassen«. Michael nickt betroffen. »Meldest du dich bei mir, Christina?« Seine Stimme ist kaum hörbar, als er dies sagt. »Ja, ich melde mich bei dir, irgendwann und jetzt lass mich, bitte. Ich drehe mich um, lehne mich ans Brückengeländer und sehe aufs Wasser hinab. Michael geht, ich blicke ihm nicht nach.

Die nächsten Tage verbringe ich viel Zeit damit, durch den englischen Garten zu laufen. Ich laufe und laufe, um den Kopf freizubekommen. Und mit jedem Dahinlaufen, zeigt sich mehr und mehr, was die Krise der Trennung mich hat erkennen lassen. Michael ist ein Mann, der alles will. Seine Frau, sein Kind, sein Haus und aufregende Abenteuer … Seine Lügen und sein Betrug lauern in unserem Leben, wie ein bedrohlicher Eisberg unter einem glänzenden Wasserspiegel. Manchmal kann ich nicht schlafen. Dann stehe ich auf, sichte Schubladen, ordne neu, werfe vieles weg. Und mit diesem Ordnungschaffen im Äußeren, findet auch eine innere Reinigung statt und mehr Klarheit kommt zutage. Mit all dieser neuen Ordnung, entsteht ein Vakuum, wo mein immer noch vorhandener Schmerz sich ausruhen kann. Viele schlaflose Stunden blicke ich zurück, lasse das gemeinsame Leben Revue passieren. Michael wird immer ein Teil von mir bleiben. Diese große Liebe ist tief eingegraben in meiner Lebensspur und wir haben eine wunderbare Tochter miteinander. Irgendwann erwache ich ausgeruht, nach einer richtig gut durchgeschlafenen Nacht und weiß mit großer Klarheit, was zu tun ist. Die Gefühle heißen diesmal nicht mehr Bangen und Hoffen, dass er zurückkommen wird. Nein. In mir ist eine neue Kraft erwacht. Ich habe gedacht, so viel verloren zu haben, als er ging, aber jetzt, kann ich es anders betrachten. Alles ist mir geblieben und ein neues aufregendes Leben liegt vor mir. Michael hat sich zwischenzeitlich nicht gemeldet und das ist gut so. Ich setze mich hin und schreibe ihm einen langen Brief.

*Weißt du, wie lange ich mir vorgestellt habe, wie es sein würde, wenn du zurückkämst? Ausgemalt habe ich mir das in vielen Stunden. Wie sehr hatte ich mir gewünscht, unseren Zauber wieder zu finden … es ist nicht so, dass ich dich nicht mehr liebe, das ist es nicht. Ich habe mich nicht mehr lieben können, bei all dem Verlassensein und jetzt bin ich dabei mich wieder zu mögen. Wir werden einander nie verlieren können und vielleicht irgendwann einen neuen Weg zueinanderfinden. Möglicherweise gibt es ja diesen Weg, aber nicht jetzt.*

Ich unterschreibe den Brief, stecke ihn in ein Kuvert, klebte ihn zu, frankiere ihn. Ich ziehe mich an, verlasse die Wohnung. Ich werfe den Brief in den

Briefkasten, stehe eine Weile da und ganz plötzlich überflutet mich ein großes Glücksgefühl. Wie lange war all das ausgesperrt gewesen. Ich laufe weiter, setze mich am Hohenzollernplatz in ein Café und bestelle einen Espresso. Ich denke an unser Kind, das ist alles sehr schwer für Helena. Ein Glück, dass sie schon vor der Hochzeit herausgefunden hat, wie sehr Hugo ihr Vertrauen missbraucht. Ich zahle, gehe in mein Lieblingsblumengeschäft und kaufe mir einen prächtigen Strauß lachsfarbener Rosen. Fünfzig Stück! 49 für jedes Lebensjahr eine und eine für das neue Jahr. Und nachher, da werde ich Helena trösten und ihr helfen, ihren Schmerz zu überwinden.

**Ende**

Zeitfracht Medien GmbH
Ferdinand-Jühlke-Straße 7
99095 Erfurt, Deutschland
produktsicherheit@kolibri360.de